T0258504

Territorio comanche

Biblioteca

ARTURO PÉREZ-REVERTE

Territorio comanche

DEBOLS!LLO

Papel certificado por el Forest Stewardship Council®

MIXTO
Papel | Apoyando la
silvicultura responsable
FSC® C117695
www.fsc.org

Penguin
Random House
Grupo Editorial

Decimonovena edición con esta portada: noviembre de 2023

© 1994, Arturo Pérez-Reverte
© 2015, Penguin Random House Grupo Editorial, S. A. U.
Travessera de Gràcia, 47-49. 08021 Barcelona
Diseño de la cubierta: Penguin Random House Grupo Editorial
Fotografía de la cubierta: Getty Images

Printed in Spain – Impreso en España

ISBN: 978-84-8450-263-0
Depósito legal: B-9.615-2015

Impreso en Liberduplex
Sant Llorenç d'Hortons (Barcelona)

P 8 0 2 6 3 E

A José Luis Márquez
y a Miguel Gil Moreno,
muerto en combate
en Sierra Leona el 24 de mayo del 2000

Una auténtica historia de guerra nunca es moral. No instruye, ni alienta la virtud, ni sugiere modelos de comportamiento, ni impide que los hombres hagan las cosas que siempre hicieron. Si una historia de guerra parece moral, no la creáis.

Las cosas que llevaban los hombres que lucharon.
Tim O'Brien.

I

EL PUENTE DE BIJELO POLJE

ARRODILLADO EN LA CUNETA, MÁRQUEZ TOMÓ FOCO EN
la nariz del cadáver antes de abrir a plano general. Tenía
el ojo derecho pegado al visor de la Betacam, y el izquierdo entornado, entre las espirales de humo del cigarrillo
que conservaba a un lado de la boca. Siempre que podía,
Márquez tomaba foco en cosas quietas antes de hacer un
plano, y aquel muerto estaba perfectamente quieto. En
realidad no hay nada tan quieto como los muertos. Cuando tenía que hacerle un plano a uno, Márquez siempre
accionaba el zoom para enfocar a partir de la nariz. Era
una costumbre como otra cualquiera, igual que las maqui-
lladoras de estudio empiezan siempre por la misma ceja.
En Torrespaña eran famosas las tomas de foco de Márquez; los montadores de vídeo, que suelen ser callados y
cínicos como las putas viejas, se las mostraban unos a
otros al editar en las cabinas. No te pierdas ésta, etcétera. Junto a ellos, los redactores becarios palidecían en
silencio. No siempre los muertos tienen nariz.

Aquel tenía nariz, y Barlés dejó de observar a Márquez para echarle otro vistazo. El muerto estaba boca arriba, en la cuneta, a unos cincuenta metros del puente. No lo habían visto morir, porque cuando llegaron ya estaba allí; pero le calculaban tres o cuatro horas: sin duda uno de los morteros que de vez en cuando disparaban desde el otro lado el río, tras el recodo de la carretera y los árboles entre los que ardía Bijelo Polje. Era un HVO, un jáveo croata joven, rubio, grande, con los ojos ni abiertos ni cerrados y la cara y el uniforme mimetizado cubiertos de polvillo claro. Barlés hizo una mueca. Las bombas siempre levantan polvo y luego te lo dejan por encima cuando estás muerto, porque ya no se preocupa nadie de sacudírtelo. Las bombas levantan polvo y gravilla y metralla, y luego te matan y te quedas como aquel soldado croata, más solo que la una, en la cuneta de la carretera, junto al puente de Bijelo Polje. Porque lo muertos además de quietos están solos, y no hay nada tan solo como un muerto. Eso es lo que pensaba Barlés mientras Márquez terminaba de hacer su plano.

Dio unos pasos por la carretera, en dirección al puente. El paisaje habría sido apacible de no ser por los tejados en llamas entre los árboles del otro lado del río, y la humareda negra suspendida entre cielo y tierra. A este lado había un talud que bajaba hasta la linde de un bosque, unos campos anegados a la izquierda, y la carretera que hacía una curva cien metros más allá, junto a la granja donde estaba el Nissan. En cuanto al puente, consistía en una antigua estructura metálica milagrosamente intacta después de tres años de guerra, de esas que tienen dos grandes arcos de acero para sostener la pasarela. A Barlés le recordaba uno semejante, de hojalata, que tuvo de niño, con la vía férrea de un tren eléctrico.

Durante toda la mañana habían estado pasando por el puente refugiados que huían del avance musulmán hacia Bijelo Polje: primero coches cargados de gente con maletas y bultos; luego carros tirados por caballos, con críos sucios y asustados; por fin, tras los últimos civiles que huían a pie, soldados exhaustos con la mirada distante, perdida, de aquellos a quienes ya da igual ir hacia adelante que hacia atrás. Al cabo, un último grupo: tres o cuatro jáveos corriendo. Después, otro que sostenía a un herido que cojeaba. Por fin un hombre solo, sin duda un oficial que se había arrancado las insignias, con el Kalashnikov y dos cargadores vacíos en la mano izquierda. Márquez los grabó a todos mientras pasaban, y al ver la TVE pegada en la cámara el oficial lo insultó en croata: *Ti-Vi-Ei Yebenti mater,* me calzo a vuestra madre, en traducción libre. En el norte de Bosnia los jáveos ya no hacían la uve de la victoria ni daban palmaditas en la espalda a los cámaras de televisión. Eso era viejo de tres años atrás, cuando Vukovar y Osijek y todo aquello; cuando los croatas aún eran los buenos, los agredidos, y los serbios el único malo de la película. Ahora al que más y al que menos le habían partido la boca, las fosas comunes se desenterraban en todos los bandos y cada cual tenía cosas que ocultar. *Yebenti mater o yebenti maiku*, la versión sólo difería según quién te mentara a la madre. A medida que las guerras se hacen largas y a la gente se le pudre el alma, los periodistas caen menos simpáticos. De ser quien te saca en la tele para que te vea la novia, te conviertes en testigo molesto. *Yeventi mater.*

Barlés se detuvo a veinte metros del puente: una distancia prudencial desde la que podía distinguir los cajones de pentrita adosados a los pilares, y las botellas de butano que reforzaban el explosivo. Los cables detonadores bajaban por el talud hasta la linde del bosque, donde habían visto retirarse a los zapadores jáveos después de instalar las cargas. No podía verlos pero estaban allí, esperando el momento de hacerlo saltar. En el cuartel general de Cerno Polje, a pesar de su renuencia a pronunciar la palabra retirada, un comandante le había explicado lo básico del asunto:

—Sobre todo no crucen el puente. Se exponen a quedarse al otro lado.

Era lo que ellos llamaban *territorio comanche* en jerga del oficio. Para un reportero en una guerra, ése es el lugar donde el instinto te dice que pares el coche y des media vuelta. El lugar donde los caminos están desiertos y las casas son ruinas chamuscadas; donde siempre parece a punto de anochecer y caminas pegado a las paredes, hacia los tiros que suenan a lo lejos, mientras escuchas el ruido de tus pasos sobre los cristales rotos. El suelo de las guerras está siempre cubierto de cristales rotos. Territorio comanche es allí donde los oyes crujir bajo tus botas, y aunque no ves a nadie sabes que te están mirando. Donde no ves los fusiles, pero los fusiles sí te ven a ti.

Barlés observó de nuevo el otro lado del río, los árboles que ocultaban Bijelo Polje, y se preguntó qué tipo de blanco ofrecía en ese momento, y para quién. En cuanto asomase tras la curva el primer tanque o los primeros soldados de la Armija, los zapadores del bosque bajarían la palanca detonadora antes de salir corriendo. La idea, supuso, era mantener el puente hasta el último momento, por si alguno de los desgraciados que resistían en el pueblo alcanzaba el río. Aún se les oía disparar los últimos cartuchos entre los tejados en llamas. Por un momento los imaginó rompiendo tabiques para huir de una casa a otra, arrastrando heridos que dejaban rastros de sangre sobre el yeso desmenuzado y los escombros del suelo. Enloquecidos por el miedo y la desesperación. Según el Sony ICF de onda corta y la BBC, en un pueblo vecino la Armija había descubierto una fosa con cincuenta y dos cadáveres de musulmanes maniatados. Y cincuenta y dos cadáveres puestos en fila hacen una fila muy larga. Además, tienen familia: hermanos, hijos, primos. Tienen gente que los echa de menos y al verlos allí, uno detrás de otro y recién desenterrados, se lo toman a mal. Por eso en Bijelo Polje, la Armija perdía poco tiempo en hacer prisioneros. Barlés soltó una risita atravesada y lúgubre, para sus adentros. Quien hubiera bautizado aquello como limpieza étnica, no tenía la menor idea. La limpieza étnica podía considerarse cualquier cosa menos limpia.

Escuchó la salida de un mortero de 60 mm situado en las afueras del pueblo, a un kilómetro del puente, y miró alrededor en busca de un lugar donde ponerse a cubierto. Disponía de unos veinte segundos hasta la llegada, si es que venía en esa dirección, así que decidió olvidarse del casco de kevlar, que estaba en el suelo demasiado lejos, junto a Márquez. Anduvo sin apresurarse demasiado hasta el talud y se tumbó en él boca abajo, observando a su compañero que, aún arrodillado junto al muerto, también había oído el mortero y miraba al cielo como esperando verlo venir.

Eran muchos años juntos en muchas guerras, así que Barlés supo en el acto lo que ocupaba la atención del cámara. Resulta muy difícil filmar el impacto de una bomba, pues nunca sabes exactamente dónde va a caer. En las guerras las bombas te caen de cualquier modo, con las leyes del azar sumadas a las leyes de la balística. No hay nada más caprichoso que una granada de mortero disparada al buen tuntún, y uno puede pasarse la vida filmando a diestro y siniestro en mitad de los bombardeos sin conseguir un plano que merezca la pena. Es como encuadrar a los soldados en combate; nunca sabes a quién le van a dar, y cuando lo consigues resulta pura casualidad, como lo de Enrique del Viso en Beirut, en el 89. Estaba filmando a un grupo de chiítas cuando una ráfaga se coló en el parapeto y hubo bingo. Después, el ralentizado mostró las trazadoras de color naranja al rozar la cámara, un Amal con cara de pasmo llevándose la mano al pecho mientras soltaba el arma, la cara de Barlés, su boca abierta en un grito: filma, filma, filma. Y es que la gente cree que uno llega a la guerra, consigue la foto y ya está. Pero los tiros y las bombas hacen bang-zaca-bum y vete tú a saber. Por eso Barlés vio que Márquez, todavía arrodillado, se echaba al hombro la Betacam y se ponía a grabar otra vez al muerto. Si el impacto caía cerca, haría un rápido movimiento en panorámica desde su rostro a la humareda de la explosión, antes de que ésta se disipase. Barlés confió en que al menos una de las pistas de sonido de la cámara estuviese en posición manual. En automático, el filtro amortigua el ruido de los tiros y las bombas, y entonces suenan falsos y apagados, como en el cine.

La granada de mortero cayó lejos, en la linde del bosque, y Barlés disfrutó mucho al imaginar el susto de los zapadores jáveos. Márquez no se había movido durante la explosión, excepto el arco de panorámica con la cámara, que se perdió en el vacío. Ahora se levantó despacio y vino hasta el lugar donde seguía tumbado Barlés. Una vez, haciendo lo mismo que Márquez, a la caza de una explosión, a Miguel de la Fuente le cayó encima toda la metralla de un mortero serbio en Sarajevo. Metralla y gravilla, el asfalto de media calle. Lo salvaron el chaleco antibalas y el casco, y cuando se agachó para coger un trozo grande de metralla como recuerdo de lo cerca que la tuvo, el metal le quemó la mano. Durante la época dura, en Sarajevo, a eso lo llamaban ir de *shopping*. Se ponían el casco y los chalecos y se pegaban a una pared en la ciudad vieja, a oírlas venir. Cuando alguna caía cerca, iban corriendo y grababan la humareda, las llamas, los escombros. Los voluntarios sacando a las víctimas. A Márquez no le gustaba que Barlés ayudase a los equipos de rescate porque se metía en cuadro y estropeaba el plano.

—Hazte enfermera, cabrón.

A Márquez las lágrimas no le dejaban enfocar bien, por eso no lloraba nunca cuando sacaban de los escombros niños con la cabeza aplastada, aunque después pasara horas sentado en un rincón, sin abrir la boca. Paco Custodio sí lloró una vez en la morgue de Sarajevo, uno de esos días con veinte o treinta muertos y medio centenar de heridos; de pronto dejó la cámara y se puso a llorar al cabo de mes y medio aguantando aquello sin pestañear. Después se fue a Madrid y vino otro cámara, que tras su primer niño descuartizado por un mortero se emborrachó y dijo que pasaba de todo. Así que Miguel de la Fuente cogió la Betacam y a él le cayó encima la grava y la metralla cuando hacía *shopping* en Dobrinja, que era un barrio de Sarajevo donde te disparaban a la ida, a la vuelta y durante, y donde los muros del edificio en mejor estado medían metro y medio de alto. Miguel era un tipo duro, y también Custodio lo era, como lo habían sido Josemi Díaz Gil en Kuwait, Salvador y Bucarest, o Del Viso en Beirut, Kabul, Jorramchar o Managua. Todos eran tipos duros, pero Márquez era el más duro de todos. Barlés pensaba eso mientras lo veía acercarse cojeando. Márquez cojeaba desde quince años atrás, cuando iba con Miguel de la Cuadra y se cayó por un precipicio con dos eritreos una noche sin luna, cerca de Asmara. Los dos guerrilleros murieron y él estuvo medio año parapléjico, en un hospital, con la columna vertebral hecha un sonajero, sin mover las piernas y cagándose en los pantalones del pijama. Había salido adelante a base de voluntad y redaños, cuando nadie daba un duro por él. Ahora, cada vez que aparecía en la redacción, la gente se apartaba y lo miraba en silencio. No es que Márquez fuese a la guerra. Sus imágenes *eran* la guerra.

—Me perdí la bomba.
—Lo he visto.
—Cayó demasiado lejos.
—Más vale demasiado lejos que demasiado cerca.

Era uno de los principios básicos del oficio, como también lo era aquello de mejor te toque a ti que a mí. Márquez asentía despacio. El eterno dilema en territorio comanche es que demasiado lejos no consigues la imagen, y demasiado cerca no te queda salud para contarlo. Y lo malo de hacer *shopping* con morteros no es que te caigan demasiado cerca, sino encima. Márquez había dejado la cámara en el suelo y estaba en cuclillas junto a Barlés, mirando el puente con los ojos entornados. Le fastidiaba que Barlés o cualquier otro se le metiera en cuadro mientras grababa niños muertos entre ruinas, aunque a veces, cuando ya no podía más, dejaba la cámara en el suelo y también se ponía a remover escombros; pero sólo cuando tenía suficiente imagen para minuto y medio en el Telediario. Márquez era rubio, pequeño y duro, con los ojos claros, y las tías lo encontraban atractivo. Algunos decían que se tiró a la Niña Rodicio durante el bombardeo de Bagdad, pero eso era una estupidez. Durante un bombardeo y con una cámara en la mano, Márquez no le habría dicho tienes ojos negros tienes ni a Oriana Fallaci en sus buenos tiempos, cuando Méjico, Saigón y todo eso. Y la Niña Rodicio no era precisamente Oriana Fallaci.

—Quiero ese puente –dijo Márquez con su voz áspera, de carraca vieja.

Ambos lo querían, pero sobre todo él. Esa era la razón de que permanecieran allí en lugar de largarse con todo el mundo, a pesar de lo tarde que era: menos de tres horas para la segunda edición del Telediario, y aún había de por medio cincuenta minutos de viaje por malas carreteras hasta el punto de emisión. Pero Márquez deseaba ese puente, y Márquez era un tipo testarudo. Casi nunca se ponía el chaleco antibalas ni el casco porque le molestaban para trabajar con la cámara. A diario tenían broncas al respecto.

—No es que me importe mucho –matizaba Barlés–. Pero si te dan, me quedo sin cámara.

Como venganza, Márquez lo hacía situarse para las entradillas en lugares difíciles, donde cuesta concentrarse mientras uno habla ante el micrófono porque está más atento a lo que puede llegar que a lo que dice. Estamos aquí, en bang, bang. Espera, que empiezo de nuevo. Estamos aquí. Vaya, ahora no tiran esos cabrones. Estamos aquí, bang, bang. ¿Ha valido...? Tres años antes, en Borovo Naselje, Márquez lo tuvo cinco minutos de pie y al descubierto a cien metros de las líneas serbias, haciéndole repetir tres veces una entradilla que, por otra parte, a la primera había quedado absolutamente correcta. Jadranka, la intérprete croata, les hizo una foto a la vuelta: el camino lleno de escombros, un tanque serbio despanzurrado al fondo, Barlés discutiendo con cara de pocos amigos y a su lado Márquez, la cámara al hombro, partiéndose de risa. De todos modos, les gustaba trabajar juntos. Ambos compartían el gusto por aquella forma de vida, y cierto sentido del humor rudo, introvertido y acre.

Las entradillas. El problema de la tele es que no puede contarse la guerra desde el hotel, sino que es preciso ir allí donde ocurren las cosas. Uno llega, se pone ante la Betacam con plano medio y el aire a su derecha y empieza a largar. Cuando hay tiros y mucho raas-zaca-bumbum las entradillas quedan vistosas; lo que pasa es que muchas veces aquello no vale para nada, por el ruido. Y cuando sueltas un taco a la mitad, o sea, estás diciendo algo así como "esta mañana la situación se ha deteriorado mucho en el sector de Vitez", y suena un cebollazo cerca, raaca-bum, y en vez de decir en el sector de Vitez dices en el sector de me cago en su puta madre, pues entonces tampoco vale y hay que repetir. Otras veces te quedas en blanco, te quedas mirando la cámara como un imbécil incapaz de articular palabra, porque cuanto ibas a decir se borra de tu cabeza como si te acabaran de formatear el disco duro. Y después llegas a la retaguardia, o a Madrid, y siempre hay un imbécil que pregunta si los tiros eran de verdad, y tú no sabes si tomártelo a broma o romperle los cuernos. Una vez, Miguel González, de *El País,* afirmó delante de Márquez que sabía de buena tinta que Barlés pagaba para que los soldados disparasen durante sus entradillas. Como si en la guerra hubiese que pagar para que la gente pegue tiros. Puesto que era de los que sólo van a la guerra de visita, Miguel González ignoraba que Márquez solía trabajar con Barlés; así que lo más suave que se oyó llamar en esa ocasión fue algo del estilo perfecto capullo. También pagamos a los heridos para que se dejen herir, y a los muertos para que se dejen matar, le dijo Márquez. Con la American Express. Así que vete a mamarla. A Parla.

Y es que la antigua Yugoslavia estaba llena de domingueros. Los cascos azules españoles los llamaban *japoneses* porque llegaban, se hacían una foto y se iban lo antes posible. Por Bosnia pasaban de todo pelaje y procedencia: parlamentarios, intelectuales, ministros, presidentes del Gobierno, periodistas con mucha prisa y sopladores de vidrio en general, que a su regreso a la civilización organizaban conciertos de solidaridad, daban conferencias de prensa e incluso escribían libros para explicarle al mundo las claves profundas del conflicto. Hasta el humorista Pedro Ruiz había estado en Sarajevo con chaleco antibalas y aspecto osado. Por término medio aquellas excursiones bélicas oscilaban entre uno y tres días, pero a toda esta gente le bastaba eso para captar lo esencial del asunto. Uno llegaba de Mostar, o Sarajevo, sucio como un cerdo, y al bajarse del Nissan blindado se los encontraba en los vestíbulos de los hoteles de Medugorje o Split, con chaleco antibalas y casco y expresión intrépida, arriesgando la vida a cincuenta o doscientos kilómetros del tiro más cercano. Barlés recordaba, en sus pesadillas, a la defensora del pueblo, Margarita Rituerto, vestida de casco azul de la señorita Pepis, diciendo Feliz Navidad y yupi-yupi chicos, ojalá volváis pronto a casa, mientras algún legionario grifota le gritaba, desde el fondo de las filas, que todavía estaba

buena. O la decepción de un viejo amigo, Paco Loba-
tón, aquella vez que montó un *Quién sabe dónde* en Bosnia, cuando oyó a Barlés explicarle que los disparos que
había escuchado toda la noche eran tiros al aire de los
croatas borrachos de *rakia* que celebraban la Nochebuena, y que la guerra de verdad estaba cincuenta kilómetros al norte, en Mostar. Lugar al que, por cierto, Paco
no mostró deseos de desplazarse en absoluto.

Entre los domingueros de la guerra había también
militares de alta graduación que se dejaban caer por allí
en visita de inspección del tipo hola qué tal, chavales, y
todo eso. En Bosnia se les reconocía en el acto por la
cámara de fotos, el aire paternal, y sobre todo por el
uniforme, casco y chaleco antimetralla impecablemen-
te limpios y nuevos. Eran los que se ponían de pie en
las trincheras para que les explicasen dónde estaba el
enemigo, o pisaban concienzudamente todas las cune-
tas y caminos de tierra por si quedaba allí alguna mina
sin estallar. Una vez, en los puentes de Bijela, al blindado en que iban Márquez y Barlés le pegaron dos tiros
de francotirador por culpa de un teniente coronel español, que se empeñó en parar a hacerse una foto. Sonaron clang y clang, y el fino estratega aún preguntaba si
les estaban disparando *a ellos*. Aquel día iba de conduc-
tor el hijo del presidente de Cantabria, Hormaechea,
que andaba por Bosnia de voluntario, y Márquez y Barlés lo oyeron maldecir en arameo de los tenientes coro-
neles y de la madre que los parió, mientras el capitán
Vargas, un guerrillero duro y tranquilo, cubría al coro-

nel con el Cetme en la mano y Márquez tenía la cámara lista por si al dominguero le daban de una puñetera vez el chinazo que se andaba buscando.

—Se parece a Sexsymbol –comentó Márquez, señalando el cadáver de la cuneta.

Era verdad. El soldado muerto tenía las facciones idénticas a otro que, semanas atrás, los acompañó por los maizales de Vitez para que lo filmaran tirándole con un RPG-7 a un carro blindado. Era, como éste, bien parecido igual que un actor de cine, y lo apodaron Sexsymbol. De camino por los maizales, y para sobresalto de ambos, el tipo había pisado una mina que no estalló porque se trataba de una TMB, una antitanque rusa que necesita 180 kilos de presión para decir aquí estoy. Pero Sexsymbol no podía ser el muerto de la cuneta por dos razones obvias: éste era croata y aquél de la Armija musulmana. Además, Sexsymbol pisó, al día siguiente del episodio del maizal, una segunda mina: esta vez contra-personal, sólo 9 kilos de presión para estallar, cosa que por supuesto hizo apenas le puso la bota encima. Los hay que nacen para pisar minas, y lo de Sexsymbol resultaba evidente predestinación: era un pisador de minas nato.

Pero es que además las minas tienen muy mala leche. En cuanto a reporteros, mataron a Dickie Chapelle y a Frank Capa, entre otros muchos. Precisamente el primer muerto de mina visto por Barlés fue un periodista, durante la guerra turco-chipriota de 1974; aquella en que Aglae Masini le echó un polvo a Glefkos, del *Times,* en un bungalow junto al tanque que disparaba en la piscina del Ledra Palace de Nicosia. Aglae había perdido un brazo siendo guerrillera tupamara antes de convertirse en corresponsal de *Pueblo*, pero se apañaba muy bien con el otro. Era guapa, valiente, bebía como un cosaco, y fue toda una leyenda en el Mediterráneo Oriental en la década de los 70, hasta el punto de que Volker Schlöndorff se inspiró en ella para el personaje interpretado por Hanna Schygulla en su película sobre la guerra del Líbano. Respecto al fulano de la mina en Chipre, se llamaba Ted Stanford, se había bajado a mear en la carretera de Famagusta y la pisó justo cuando se abría la bragueta. Uno de sus zapatos fue dando vueltas por el aire, y Barlés, que entonces tenía veintidós años y estaba en su primera guerra, se recordaba a sí mismo con el zapato en la mano, sin saber qué hacer con él.

—Mortero –anunció Márquez. Después, protegiendo la cámara, se tumbó en el talud.

Barlés no había oído esta vez el *tump* de salida, pero se fiaba más de Márquez que de sí mismo. En Jablanica, después de una semana con los cascos azules españoles, lo veía detectar la salida de disparos de artillería a varios kilómetros de distancia por la vibración de los cristales; estaban en un valle, los proyectiles eran subsónicos y la onda del disparo llegaba cuatro o cinco segundos antes que el proyectil, dándoles tiempo a tirarse al suelo. Márquez siempre era muy útil para ese tipo de cosas; como una vez, cerca de Vukovar, cuando averiguó que un camino estaba minado porque la hierba ya no se veía aplastada por las ruedas de los vehículos. O aquella otra en las afueras de Osijek: caminaban uno a cada lado de una calle desierta, cerca de la línea de frente, y de pronto Márquez se detuvo, miró hacia un edificio que había delante y le gritó a Barlés aquello de estamos fritos, colega, y el francotirador les disparó justo cuando acababan de guarecerse cada uno en un portal.

Esta vez la granada de mortero vino más cerca, junto a un pilar del puente, levantando un surtidor de agua. Márquez miró con atención la linde del bosque, se cerró el chaleco antibalas que llevaba abierto y puso una mano sobre la cámara. Tanto él como Barlés sabían lo que los morteros anunciaban: los musulmanes despejaban los alrededores antes de intentar cruzarlo. Pero los zapadores jáveos lo harían saltar antes, en cuanto tuviesen la certeza de que ningún rezagado estaba en condiciones de ponerse a salvo por la pasarela metálica. De hecho, sorprendía que no lo hubiesen volado ya.

En realidad ellos estaban allí, tumbados en el talud, a causa de aquel puente. Llevaban tres años trabajando en la antigua Yugoslavia y habían reunido una bonita colección de cromos sobre puentes intactos o destruidos: Mostar, Caplina, Bijela, Vukovar, Dubica, Petrinja. Los habían grabado en vídeo de todos los colores, materiales y tamaños, a veces cruzándolos a la carrera, ida y vuelta en el mismo día, entre refugiados y bombazos, con los serbios, los jáveos o la Armija pisándoles los talones. Tenían puentes a mantas. Toda la maldita Bosnia, por ejemplo, estaba llena de ríos y de estructuras de acero u hormigón que servían para cruzarlos. Mas para ambos, y sobre todo para Márquez, el puente de Bijelo Polje era algo especial. Como solían decir, aquel era un puente de pata negra.

II

MUCHO TANQUE, TUTTO KAPUTT

La obsesión de Márquez con los puentes venía de tres años atrás, otoño de 1991, cuando el de Petrinja se le escapó por muy poco y Christiane Amanpour, de la CNN, llegó tarde a la guerra. Márquez tenía docenas de puentes intactos y destruidos, pero nunca en el momento de volar por los aires. Ningún cámara profesional lo había logrado aún en la ex Yugoslavia. Grabar un puente en el momento en que dice adiós muy buenas parece fácil, pero no lo es. Para empezar, hay que estar allí. Eso no siempre es posible, y además la gente no va pregonando que se dispone a volar tal o cual cosa. Simplemente pone unas cargas, lo vuela y ya está. Por otra parte, aunque uno esté al corriente de que se prepara la voladura, o lo sospeche, hay que tener una cámara en la mano y grabar mientras se produce el evento. O sea, que además de estar allí, es necesario estar allí *filmando*. Y hay cantidad de pegas que pueden impedirle a uno filmar. Que te disparen, por ejemplo. O que caigan tantas bombas que

nadie sea capaz de levantar la cabeza. O que los soldados que se ocupan del asunto no te dejen grabar. También, según la conocida ley de Murphy –la tostada
siempre cae al suelo por el lado de la mantequilla–, la
voladura del puente, como la mayor parte de las cosas
que ocurren en una guerra, se produce justo cuando tienes la cámara apagada, o estás cambiando la cinta, o has
ido un momento al coche porque se agotaron las baterías, o te estás abriendo la bragueta como Ted Stanford.
Sí. El amigo Murphy es compañero habitual de los
reporteros en zona de guerra. A menudo se refieren a él,
incluso, como un miembro más del equipo. También su
madre es muy popular.

—¿Cómo vas de baterías? –preguntó Barlés.

Márquez miró el indicador e hizo un gesto afirmativo.
Había suficiente si las cosas no se prolongaban demasiado. No iba a correr el riesgo de apagar la Betacam, pues
en tal caso la voladura podía llegar antes de que transcu-
rriesen los ocho segundos necesarios para que la cámara
estuviese de nuevo en servicio. Al otro lado de la carretera,
en la cuneta junto al cadáver que se parecía a Sexsymbol,
estaban el casco y la mochila de Barlés con una batería y
una cinta de recambio, además del micrófono para hacer
entradillas. En principio debía bastar con eso, aunque
guardaban más material en el Nissan aparcado tras la
granja de la carretera. Los equipos de televisión se mue-

ven por el mundo con una endiablada cantidad de material a cuestas; eso incomoda mucho, sobre todo a la hora de salir corriendo. Así que Barlés añoraba a menudo sus doce años como enviado especial del diario *Pueblo*, cuando un saco de dormir y una bolsa colgada al hombro bastaban para tres meses en Oriente Medio o en África.

Vio que Márquez se acomodaba en el talud, situando la cámara de forma que cubriese bien el puente mientras hacía pruebas con el ojo pegado al visor. Zoom hacia adelante y hacia atrás, y panorámicas de izquierda a derecha y de derecha a izquierda. Después se recostó un poco mirando alrededor, y Barlés comprendió que calculaba la trayectoria de los escombros cuando el puente saltara por los aires.

—Demasiado cerca –dijo Márquez.

Retrocedieron diez metros a lo largo del talud y se tumbaron de nuevo. Márquez hizo nuevas pruebas con la cámara y pareció satisfecho. Ahora el fuego de fusilería sonaba más débil hacia Bijelo Polje.

Tres años antes, en Petrinja, Márquez había estado a punto de tener su puente. Lo cruzaron a la ida, llegando al pueblo en plena ofensiva serbia, con los últimos defensores croatas derrumbándose ante los tanques del ejército federal yugoslavo. Barlés estaba en mitad de la calle principal haciendo su entradilla, algo improvisado del tipo

Petrinja está a punto de caer, etcétera, cuando apareció un pequeño grupo de croatas en fuga. Uno de ellos, gordito, con un casco de bombero y un fusil de caza, se detuvo ante la cámara, farfullando en mal italiano:

—Mucho tanque, *tutto kaputt*. *Nema soldati* y *nema* nada. *Io sono* el último y me largo.

Había dicho eso de modo casi literal. Entonces un tanque serbio apareció al extremo de la avenida, y Márquez, de pie en mitad de la calle, filmó las balas trazadoras que pasaban entre sus piernas hasta acertarle a un fulano que, tumbado en el suelo con un RPG-7 en las manos, intentaba darle al tanque. Después todo fueron carreras y confusión, el herido desangrándose en el suelo, Barlés entrando en cuadro –hazte enfermera, cabrón– para taponarle la herida, un cañonazo a bocajarro y todos, incluyendo el herido que saltaba a la pata coja, salieron de cuadro mientras Márquez, que había empezado con una toma de foco en corto sobre el muslo atravesado, se limitaba a abrir, impasible, a plano general. Horas después aquellas imágenes iban a dar la vuelta al mundo, y TVE las estuvo utilizando casi un año como reclamo publicitario de sus servicios informativos; pero en aquel momento, a Márquez y a Barlés los servicios informativos les importaban un carajo. Así que lo que hicieron fue salir corriendo con los demás hasta el puente, con el tanque detrás, y Barlés sólo recordaba haber corrido tanto en 1982, ante los Merkava judíos que remontaban la carretera de la costa entre Sidón y Beirut, aquella vez que Manu Leguineche creyó que se lo habían cargado y andaba preguntando por los hospitales si había allí un *sahafi espani*, un español al que le hubieran dado matarile. Pero desde la carretera de Sidón habían pasado diez años, y ahora Barlés y Márquez y el propio Manu gozaban de peores piernas que entonces. Así que llegaron sin aliento al otro lado del puente de Petrinja, que tenía preparada dinamita como para volar la catedral de Zagreb. Y fue entonces cuando Márquez se tumbó, preparando la cámara.

—Quiero este puente –dijo.

Pero no lo tuvo nunca. La voladura se retrasaba y se hacía tarde para la emisión del Telediario. Veinte minutos después tuvieron que retirarse con el puente intacto, justo cuando llegaban Christiane Amanpour y Rust, el cámara de la CNN, un tipo grandullón, tranquilo y amable que había sido marine en Vietnam.

—Os jodéis, que ya no queda guerra –les dijo Márquez. Y era cierto. Barlés y él habían sido el único equipo testigo de la retirada de Petrinja. Christiane y Rust volvieron con ellos a Zagreb y consiguieron que les cediesen algunos planos a cambio de montaje en sus equipos de edición del hotel Intercontinental. Rust era un buen tipo, y después, durante las aburridas veladas del Holiday Inn, en Sarajevo, citaba a menudo, festivo, las palabras de Márquez:

—Ya no queda guerra –decía, partiéndose de risa al recordar.

También Christiane Amanpour recordaba aquel episodio entre whisky y whisky, a la luz de las velas en Sarajevo, mientras la artillería serbia sacudía afuera y Paul Marchand intentaba, sin éxito, llevársela a la cama. Marchand era un independiente que trabajaba para varias radios francesas. De todos ellos fue el que más tiempo vivió en la capital bosnia; conocía todos los chanchullos del mercado negro e iba de un lado a otro con un viejo coche agujereado en el que había escrito: *No te molestes en dispararme. Soy invulnerable.* Pero no lo era. A finales del 93, una bala de 12.7 le pulverizó los huesos de medio brazo. La mejor definición del asunto correspondió a Xavier Gautier, de *Le Figaro.* Según Gautier, el cúbito y el radio de Marchand parecían sémola de hacer cuscús.

En cuanto al puente de Petrinja, fue volado, en efecto, aquel mismo día, dos horas después de que Márquez le dijese a Christiane y a Rust que ya no quedaba guerra; pero no había allí ninguna cámara para inmortalizar el momento. Márquez jamás se lo perdonó a sí mismo, y desde entonces siempre andaba buscando un puente que filmar mientras lo volaban. Aquello se había convertido para él en una obsesión, como cuando en Bagdad se subía a un piso alto del hotel Rachid y pasaba horas al acecho para filmar el paso de un misil de crucero Tomahawk. Después le daba igual que la imagen se emitiera o no, porque el suyo era simple impulso de cazador: lo que necesitaba era tenerlo.

El tiempo transcurría despacio. Barlés le echó un vistazo al indicador de batería de la Betacam y se puso en pie.

—Voy a buscar mi mochila –dijo.

Cruzó la carretera con el oído atento, procurando no recortarse demasiado quieto ni demasiado tiempo sobre el talud. Sin duda ya habría soldados de la Armija tomando posiciones al otro lado del río. El sol estaba muy alto y el chaleco antibalas resultaba caluroso y pesado, pero no se decidía a quitárselo; bastaba aquello para que cualquier francotirador desocupado se animara a darle la razón al viejo Murphy: cuando una tostada, etcétera. Si en la guerra algo puede salir mal, sale mal.

La suerte, pensó. Buena suerte es que el general Loan le pegue un tiro en la cabeza a un vietcong el día del Tet, y no ser tú el vietcong, sino el fotógrafo, y que todo pase justo delante de tu cámara. O estar filmando a Bill Stuart en Nicaragua justo cuando el somocista le dice que se ponga de rodillas y va y le pega un tiro. Buena suerte es estar haciendo fotos en Sarajevo y que la bala te atraviese la garganta sin tocar órganos vitales, como a Antoine Gyori, o saltar con un Warrior sobre una mina, como Corinne Dufka, y que mueran todos menos tú. Mala suerte es, tal vez, equivocarte de carretera, como Gilles Caron en el Pico del Pato, o como aquel equipo de la NBC que se bajó en Sidón del coche con la funda del trípode y el artillero del Merkava israelí se creyó que llevaban un misil. Mala suerte es, también, que te maten como a Cornelius en el Salvador, cuando estás enamorado de la chica que es tu ayudante de sonido, o palmar en un accidente de coche como Aláiz, cuando has estado en treinta guerras sin un rasguño. Mas a pesar de todo eso, aunque la mala suerte exista, muy pocos reporteros veteranos creen de verdad en ella. En la guerra, las cosas suelen discurrir más bien según la ley de las probabilidades: tanto va el cántaro a la fuente que al final hace bang. En sitios así pueden matarte de muchas formas, pero básicamente son tres.

La primera modalidad es cuando sale tu número, como en la tómbola. Eso es inapelable, y cuando toca, toca. Sobre la mala suerte desnuda y pura en la salud o el trabajo no hay nada que decir, sino resignarse a ella. La prueba viviente era Manuel Ortiz, un fotógrafo *freelance* argentino que se movía por la zona desde el comienzo de la guerra. Iba sin un dólar en el bolsillo, viviendo de prestado a la espera de la gran foto que le solucionase la vida; pero todos sabían que Manuel nunca haría esa foto. Tenía una especial habilidad para encontrarse, siempre, en el lugar equivocado y en el momento equivocado. Cuando en Zagreb, por ejemplo, se rendía el cuartel Mariscal Tito, él estaba en Sisak, donde la calma en el frente era absoluta. Por el contrario, cuando acudía a Jasenovac para fotografiar el avance serbio, los combates se habían desplazado a otro sitio; por ejemplo a Sisak. La imagen que podía darle a Manuel fama o dinero siempre se producía cuando había agotado la película, o cuando las cámaras acababan de serle confiscadas en un control. Pero eso no quiere decir que la tribu de los enviados especiales rehuyese al argentino, o le hiciera el vacío por gafe. Al contrario, todo el mundo le pagaba gustoso una copa y se interesaba, de paso, por sus proyectos:

—¿Dónde vas mañana, Manuel?

—Pues tengo intensión de echar una ojeadita por Pakrac, viste.

Con lo que todos eliminaban Pakrac de sus itinerarios del día siguiente y se iban a trabajar a otra parte. De una u otra forma, con su mala suerte a cuestas, Manuel llevaba tres años moviéndose por la zona –Vukovar, Sarajevo, Mostar– sin sufrir un arañazo, cosa que no podía decir todo el mundo. Por ejemplo, el equipo de la televisión danesa que durante una semana fue la envidia de todos en el Intercontinental de Zagreb, porque donde iban se liaba y volvían con un material estupendo. Hasta que, en la barricada de Gorne Radici, se asomaron a hacer un plano y se bajaron los dos con metralla en el cerebro por no llevar puesto el casco. Y es que eso de la suerte es algo muy relativo, según y cómo. Como dijo Manuel cuando le dieron la noticia mientras bebía –de gorra– en el bar del Explanade, más vale no hacer *ninguna* foto que hacer la *última* foto.

Descartado el factor suerte, Barlés sabía muy bien que hay otras dos formas de que te maten en la guerra. Una es cuando llevas poco tiempo, y todavía no sabes moverte bien. A la mitad de los que mueren los matan en el estreno, sin darles tiempo a aprender trucos útiles como distinguir un disparo de salida de otro de llegada, moverse por una calle donde hay francotiradores, no recortarse en las puertas y las ventanas, o saber que cuando hay muchos tiros a la gente se la refanfinfla que seas periodista o no. O sea, que llegas, te pones a trabajar y te matan, como a Juantxu Rodríguez en Panamá, o a Jordi Pujol en Sarajevo cuando hacía fotos con Eric Hauck para el *Avui*. O como a Alfonso Rojo en Nicaragua, cuando los somocistas se empeñaron en pegarle un tiro, y se lo hubieran dado si no se arroja de un camión en marcha mientras lo llevaban, con las manos atadas a la espalda, camino del paredón. Por aquella época Alfonso se lo tomó muy a mal, sobre todo porque le decían: *Ahora te ponemos los zapatitos blancos y te vas de viaje*, lo que es una evidente falta de respeto cuando estás a punto de palmarla. Pero los años templan, y Alfonso confesaba no guardarles ya rencor técnico a los somocistas. Y es que, por mucho que las píen los domingueros y los cantamañanas, en la guerra a un periodista no lo asesinan casi nunca: lo matan trabajando en un lugar donde la gente pega tiros, y hay un barullo muy grande, y anda suelto mucho hijoputa con escopeta que no tiene tiempo ni ganas de pedirte la documentación. Esas son las reglas del juego, y Alfonso, y Barlés, y Márquez, y Manu, y todas las viejas zorras supervivientes del oficio, lo sabían mejor que nadie.

En cuanto a que te maten, la tercera posibilidad, la más frecuente, es la ley de las probabilidades. O sea, que al cabo de equis tiempo ya te toca. En Sarajevo, a finales del 92, todos estaban de acuerdo en que Manucher, el fotógrafo de AFP, se fue cuando iba a salir su número. El día antes, mientras bajaba por una escalera en compañía de unos amigos bosnios, una bomba serbia se había llevado media escalera incluidos los amigos, y él se quedó arriba, sobre el último peldaño intacto, con un pie en alto como el gato Silvestre de los dibujos animados. Por la tarde, mientras descansaba en su habitación del hotel, se levantó a por agua justo cuando una esquirla de metralla aterrizaba exactamente en el centro de su cama. Manucher era francés de origen iraní, y su fatalismo oriental le daba un valor indiferente y tranquilo; pero recibió la noticia de que iba a ser relevado con visible alivio, porque —confesó al pie del avión— tenía la certeza de que ya estaba a punto de sacar papeleta. También Paco Custodio hizo parecidos cálculos sobre un bloc, muy serio y a la luz de su linterna Maglite en el Holiday Inn, antes de largarse de Sarajevo. Era el otoño de 1992, la época de los grandes bombardeos, de las matanzas en las colas del pan y todo eso, y el promedio venía a ser de un periodista muerto o herido cada seis días; le habían dado hasta a Martin Bell, de la BBC, mientras su cámara lo filmaba en directo, y eso era como ir a Roma y darle candela al Sumo Pontífice en plena audiencia papal. Barlés recordaba a Custodio, con su mostacho británico, mostrándole los garabatos del bloc mientras la luz de la linterna se le reflejaba en los cristales de las gafas. A + B igual a C. A la gente le toca al cabo de tantos días, nosotros llevamos aquí cuarenta y cinco con una media de doce horas diarias en la calle. Nos han disparado tantos francotiradores y tantas bombas, luego según estos cálculos ya nos toca a nosotros. Así que tómate un último whisky y deja que te lo pague yo porque me largo.

Largarse de los sitios. Lo de Custodio era sentido común, y después de mes y pico de campaña ya no tenía que demostrarle nada a nadie. Otros no aguantaban tanto, como Miguel el Manchego en Abu Jaude, Líbano, febrero de 1987, que se comía el tarro pensando en su hija recién nacida y en cuanto sonaba un tiro se le iba el pulso de la cámara, tanto que Barlés tuvo que editar aquel *En Portada* con descartes de un reportaje anterior. A otros lo que se les iba era la olla, como a Nacho Ayllón, el técnico de sonido que estuvo con Custodio y Barlés en Mozambique, en marzo de 1990. Nacho casi se había vuelto loco de horror la noche que un grupo de guerrilleros borrachos quiso matarlos para quedarse con sus relojes y sus botas, y el jefe dijo que le dejaran vivo al jovencito de los ojos azules. Otros no aguantaban nada, como Manolo Ovalle en Beirut: después de toda la vida tirándose el folio sobre los tiempos en que acompañaba a Miguel de la Cuadra y se comía las balas sin pelar, vio unas imágenes de chiítas degollados, frescos, del día anterior, se metió en su habitación del hotel Alexandre y dijo que él no iba al frente de Bikfaya si no le daban garantías. Garantías de qué, se le choteaba Enrique del Viso cuando fueron a buscarlo a su habitación y Ovalle les sacó la foto de su mujer y sus hijos. Ahora Ovalle vendía botas Panamá Jack para redondear el sueldo y se las daba de aventurero tragasables. *El Tigre de Beirut,* lo apodaban los que estaban en el ajo.

Barlés miró hacia el otro lado del río, donde los tejados de Bijelo Polje seguían en llamas. Imaginó qué objetos alimentaban aquel fuego: libros, muebles, fotos, vidas. Desde el incendio de la biblioteca de Sarajevo le resultaba imposible ver una casa ardiendo sin pensar en lo que había dentro. La biblioteca de la ciudad ardió también durante aquel tiempo, verano-otoño del 92, en que Manucher y Custodio y tantos otros se fueron y vinieron otros nuevos. El promedio de permanencia era de un par de semanas, pero a veces llegaban y los mataban, o los herían y evacuaban con tanta rapidez que no daba tiempo a saber sus nombres; como aquel productor de la ABC a quien, viniendo del aeropuerto, un francotirador le metió la bala explosiva en los riñones, justo entre la T y la V de la gran TV que lucía en la trasera de la furgoneta, y lo dejó listo de papeles cuando aún no llevaba veinte minutos en la ciudad. O la pareja de fotógrafos franceses, jóvenes, *freelancers* y desconocidos, en su primer reportaje de guerra. Llegaron a la diez de la mañana en el Hércules de la ONU, y a las once ya le había caído un mortero a uno de ellos, así que lo evacuaron a Zagreb en el mismo avión en que vino. Su compañero, un pelirrojo tímido llamado Oliver, estuvo dos días vagando por el vestíbulo del Holiday Inn en estado de shock, incapaz de trabajar y de relacionarse con nadie, hasta que Fernando Múgica, de *El Mundo,* se apiadó de él y le dio alcohol y conversación durante toda una noche. Múgica justificaba así su acto de caridad:

—Sólo hay algo peor que ser un fotógrafo desconocido al que hieren apenas llega a Sarajevo: ser el amigo desconocido del fotógrafo desconocido.

Barlés siempre sonreía al recordar a Fernando Múgica, a quien conoció casi veinte años antes, en el Aaiún. Fernando era un vasco rubio, alto, con buen corazón y buen humor. A su llegada a Sarajevo, la primera vez que los acompañó en coche por la ciudad a oscuras a través de un bombardeo nocturno, uno de los impactos cayó delante de ellos, incendiando un camión. Al pasar junto a él, iluminado por las llamas, Fernando había movido la cabeza:

—Esto no es real, ¿verdad...? ¡Lo habéis organizado vosotros para asustarme!

Barlés se detuvo en la cuneta. El muerto que se parecía a Sexsymbol estaba como lo había visto un rato antes, quizá con algunas moscas más. En realidad, pensó, todos los muertos se parecen una barbaridad. Cuando hacía memoria, recordaba cadáveres que siempre parecían el mismo en distintos escenarios y posturas. A veces las imágenes se superponían unas a otras, y resultaba difícil precisar a qué lugar, a qué momento del pasado correspondía cada una de ellas. Muertos conocidos o muertos sin nombre: Kibreab, Belali, Alberto, Yasir. Los eritreos muertos en la colina de Tessenei, el muchacho de Estelí, Georges Karame en Acherafieh, los iraníes del río Karun, Pedro Aristegui en Hadath, la sandinista María Asunción en el Paso de la Yegua, Jasmina en la morgue de Sarajevo, los guardias nacionales con Rolex en la muñeca, achicharrados en la carretera de Basora. Y aquella vez que se asomó a un tanque destruido, en Yamena, y había dentro un soldado libio, muy joven, como dormido sobre un inmenso charco de sangre, litros y litros, la sangre más viva y roja que Barlés viera nunca; tanto que abrió todas las escotillas hasta que hubo suficiente luz para hacerle una foto. Aquel mismo día hizo otra que fue primera página en *Pueblo*: dos guerrilleros junto a un cadáver enemigo como si se tratara de un trofeo de caza; uno haciendo la uve de la victoria y el otro con un pie sobre la cabeza del muerto. O quizá la foto no fuese del mismo día; ni siquiera de la misma guerra. Quizá el muerto no era chadiano, sino etíope, y en lugar de Yamena había ocurrido en Tessenei, Eritrea, donde el 4 de abril de 1977 Barlés estuvo media hora en una colina donde sólo había hombres muertos, y cuando terminó el último rollo de película y dejó de verlos a través del objetivo, sintió tanto miedo que bajó la ladera corriendo, como si temiera no regresar nunca al mundo de los vivos.

De uno u otro modo, Barlés se alegraba de trabajar desde hacía diez años para la televisión, mientras sus viejas Pentax enmohecían en el fondo de un armario. Es mejor que de la imagen se ocupen otros.

Aún miraba el cadáver. Tenía los bolsillos vueltos del revés; sin duda sus compañeros lo registraron en busca de municiones, dinero y tabaco antes de dejarlo allí. Alejó con el pie las moscas del rostro, pero volvieron en seguida. Por un momento Barlés tuvo la fugaz visión de alguien esperando en alguna parte. Una mujer, tal vez. El muerto era joven, así que quizá se trataba de una madre, o una novia. De cualquier modo ese alguien, a la espera de una carta o una noticia, tal vez pendiente de la radio –*intensos combates en Bosnia Central*– ignoraba aún que el objeto de sus pensamientos era un trozo de carne pudriéndose al sol en la carretera entre Bijelo Polje y Cerno Polje. Porque en el fondo cada muerto no es sino eso: el dolor futuro de alguien que te espera y no sabe que estás muerto.

Barlés volvió la espalda a Sexsymbol y fue junto a Márquez con la mochila y el casco en la mano. De todas formas, blancos, negros o amarillos, del bando que fueran, todos los cadáveres que podía recordar eran siempre el mismo en la misma guerra, en su memoria y fuera de ella. Una vez hizo la prueba: editando un *Informe Semanal* sobre Angola, donde los muertos eran negros, insertó algunos planos de archivo con otros, blancos, filmados dos años antes, en El Salvador. Antolín, el montador de vídeo, estaba preocupado. Verás como la liamos, decía. Pero nadie notó la diferencia.

III

CHAMPÁN, CHICAS, FACTURA, NO PROBLEMA

Una explosión sacudió los árboles al otro lado del río, y el fuego de fusilería, que se debilitaba entre los tejados en llamas, arreció por unos instantes. A la detonación siguieron otras en las que Barlés reconoció el cañón de 100 mm de uno de los viejos T-54 capturados por los musulmanes. En algún lugar al otro lado del río tenían que estar volando tejas por los aires, y los últimos croatas defensores de Bijelo Polje iban a dejar de serlo de un momento a otro. Si los tanques habían llegado hasta allí, pensó, la tenaza estaba a punto de cerrarse en torno al pueblo. Pronto aparecerían tras la curva, con el puente a la vista, así que decidió regresar junto a Márquez.

Algunas balas pasaron silbando muy altas, casi al límite de su alcance, cuando cruzó la carretera. Procedían de la otra orilla y eran balas perdidas, de las que iban sin rumbo y a veces caían con un chasquido sobre el asfalto. Sonaban como al sacudir en el aire un largo alambre. Ziaaang. Ziaaang. Inclinó un poco la cabeza al oírlas pasar, por instinto. La bala que te mata es la que no oyes pasar, recordó. La bala que te mata es la que se queda contigo sin decir aquí estoy.

En realidad la guerra era eso, se dijo mientras llegaba junto a Márquez: kilos y kilos y toneladas de fragmentos de metal volando por todas partes. Balas, esquirlas, proyectiles con trayectorias tensas, curvas, lineales o caprichosas, trozos de acero y de hierro zigzagueando, rebotando aquí y allá, cruzándose en el aire, horadando la piel, arrancando trozos de carne, quebrando huesos, salpicando de sangre el suelo, las paredes. Después de veinte años de cubrir guerras, Barlés seguía sorprendiéndose ante el ingenioso comportamiento de algunos de esos trozos de metal: desde la mina saltarina, que en vez de estallar en el suelo cuando la pisaba Sexsymbol –efecto cónico, eficacia letal del 60%– lo hacía en el aire –efecto paraguas, eficacia del 85%–, hasta las granadas de carga hueca o la munición de calibre 5.56, que en los últimos tiempos empezaba a verse también en todos los frentes de Bosnia, a medida que los traficantes de armas conseguían mercados estables.

Ziaaang. Ziaaang. Pasaron zumbando, altas, dos balas más, pero esta vez no agachó la cabeza porque las esperaba y porque Márquez, recostado en el talud junto a su Beta-cam, lo estaba mirando. También eso de la 5.56 tiene su miga, pensó Barlés. Menos pesada que sus hermanas de otros calibres, posee además la ventaja de que al dispararse viaja en el límite de su equilibrio, de forma que cuando encuentra carne humana altera la trayectoria. Entonces, en lugar de salir en línea recta va y se tuerce, sale por otro sitio y, de paso, provoca la fractura de los huesos y el estallido de los órganos huecos, la muy zorra. También es cierto que mata menos, por ejemplo, que un calibre 7.62 OTAN o el más corto del Kalashnikov; pero todo está estudiado. En cuanto a las balas, los muertos enemigos están muertos y ya está. Pero lo eficaz de verdad es que el enemigo tenga, más que muertos, muchos heridos graves, mutilados y cosas así: requieren esfuerzos de evacuación, cura y hospitales, complican la logística del adversario y le revientan la organización y la moral. Matar al enemigo ya no se lleva. Ahora lo moderno es hacerle muchos cojos y mancos y tetrapléjicos y dejar que se las arregle como pueda. A esa conclusión, suponía Barlés, llegaron los estados mayores tras leer el informe –las estadísticas de Vietnam cruzadas con las campañas napoleónicas, o vaya usted a saber– que algún calificado especialista elaboró después de analizar factores, tendencias y parámetros. Barlés imaginaba al fulano en mangas de camisa, llamándose Mortimer, o Manolo, con la secretaria trayéndole café, gracias, cómo van las cosas, bien, muy bien, siete mil muertos por aquí, diez mil por allá y me llevo cinco, diablos, este café está ardiendo, oye, preciosa, si eres tan amable tráeme los porcentajes de quemaduras de napalm. No, éste es de quemaduras en la población civil, me refiero al de soldados de infantería. Gracias, Jennifer, o Maripili. ¿Tomas una copa a la salida del trabajo...? No fastidies con eso de que estás casada. Yo también estoy casado.

Barlés lo sabía muy bien: el hecho de que un artillero serbio, por ejemplo, disparase la granada de mortero PPK-S1A en lugar de la PPK-SBB contra la cola del pan en Sarajevo podía suponer la diferencia entre que Mirjan, o Liljiana, vivieran, muriesen, recibieran heridas leves o quedasen mutilados para toda la vida. Y la existencia o disponibilidad de la PPK-S1A o la PPK-SBB dependían menos de las ganas del artillero serbio que de los cálculos estadísticos realizados por los citados Mortimer o Manolo mientras, entre café y café, intentaban llevarse al huerto a la secretaria. La bala retozona del 5.56, esa misma que hace zigzag y en vez de salir por ahí sale por allá o hace estallar el hígado, se comporta así porque un brillante ingeniero, hombre pacífico donde los haya, quizá católico practicante, aficionado a Mozart y a la jardinería, pasó muchas horas estudiando el asunto. Tal vez hasta le dio nombre –*Bala Louise, Pequeña Eusebia*– porque el día que se le ocurrió el invento era el cumpleaños de su mujer, o su hija. Después, una vez terminados los planos, con la conciencia tranquila y la satisfacción del deber cumplido, el asesino de manos limpias apagó la luz en la mesa de proyectos y se fue a Disneylandia con la familia.

Llegó al talud, tumbándose junto a Márquez. El cámara había encendido otro cigarrillo y fumaba tranquilo, lanzando de vez en cuando miradas hacia los tejados del pueblo en llamas.

—¿Has oído los tanques? –preguntó.

—Sí. Quieren terminar pronto.

—No creo que nadie más cruce por aquí.

—Yo tampoco lo creo.

Miró Barlés su reloj, impaciente. Odiaba los relojes. Llevaba veintiún años de su vida pendiente de ellos, de la hora llamada *deadline* en jerga del oficio. La hora en que se cierra la edición del periódico o el Telediario, y tu trabajo, si no ha llegado a tiempo, se va al diablo. Todavía era preciso viajar hasta el punto de edición, una casa rodeada de sacos terreros con un grupo electrógeno y una parábola en el techo, donde trabajaban Pierre Peyrot y la gente de EBU. Aun así, la transmisión se interrumpía a veces por un fallo en las líneas, un defecto en la señal de envío, un apagón del grupo, un bombazo demasiado próximo. Todo el trabajo de la jornada podía perderse de ese modo, y entonces Barry, el técnico norteamericano, encogería los hombros mirando a Barlés como si le diera el pésame. *May be the next time*, quizá la próxima vez. Barry era un tipo fuerte, siempre de buen humor, que hablaba a través del teléfono por satélite con su mujer filipina en una curiosa mezcla de angloespañol, y antes de colgar le decía *te quiero* en voz baja y tapándose la boca con la mano, como si le diese vergüenza que lo oyeran ponerse tierno cinco segundos. Los de EBU eran un equipo mercenario muy bueno en su trabajo, que daba servicio de transmisión por satélite a las televisiones integradas en la red de Eurovisión. En cuanto a su jefe local, Pierre, era un francés flaco y amable, con lentes, que vivía la mitad del año en Amsterdam con su mujer y su hija, y la otra mitad en las guerras de cualquier lugar del planeta. Barlés había trabajado con él en todas partes y eran viejos amigos. Cada día, sin necesidad de que Madrid hiciera la petición oficial vía Bruselas, Peyrot reservaba para Barlés y Márquez un satélite de diez minutos y una hora de montaje previo con Franz, el teutón silencioso, o con Salem, el suizotunecino rubio, menudo y sonriente. Los días malos editaban las cintas de vídeo con el casco y el chaleco antibalas puesto. Una vez, en Sarajevo, Franz y Barlés se fueron de la mesa de edición treinta segundos antes de que una granada estallara junto a la ventana, regando la habitación de esquirlas de metralla. Pierre compuso, con música de un chotis proporcionada por Márquez, una canción sobre eso: el día que Televisión Española se levantó a mear, etcétera. La cantaban a menudo al emborracharse a oscuras en el Holiday Inn mientras las bombas caían afuera, Manucher contaba chistes iraníes incomprensibles, y Arianne, la corresponsal de France Inter que a veces se parecía a Carolina de Mónaco, le chuleaba a Barlés paquetes enteros de kleenex porque se le habían terminado las compresas.

Hoteles de periodistas. Cada guerra tenía el suyo desde siempre. Vicente Talon, Giorgio Torchia, Pedro Mario Herrero, Louisset, Miguel de la Cuadra, Green, Vicente Romero, Fernando de Giles, Basilio, Bonecarrere, Claude Glüntz, Manolo Alcalá, los viejos reporteros de Argelia, Katanga, Cuba, Biafra y los Seis Dias, los que estaban muertos, hechos polvo o jubilados, y de cuyas historias narradas en bares y burdeles se había nutrido Barlés en su juventud, hablaban con nostalgia del Aletti de Argel o el Saint Georges de Beirut. Cuando pensaba en ello se sentía terriblemente viejo. Con Manu Leguineche y alguno más, Barlés pertenecía a una generación casi extinguida, la que empezó a oír tiros a principios de los años setenta. Eran otros tiempos, sin tanta prisa, cuando uno tecleaba en viejos télex, rodaba en cine, arrastraba la abollada Underwood, podía perderse meses en África, y a la vuelta sus reportajes se publicaban en primera página. Ahora, sin embargo, bastaba un retraso de cinco minutos, una descoordinación de satélite, para que la información se quedara vieja y no valiese una puñetera mierda.

Para Barlés, como para cualquier reportero veterano, cada guerra estaba ligada al nombre de un hotel. Cuando la tribu de los enviados especiales desentierra el hacha y acude al olor de la pólvora, muchos rostros e identificaciones se sitúan mencionando fechas y hoteles: el Ledra

Palace en Chipre, el Commodore y el Alexandre en Beirut, los Intercontinental de Managua, Bucarest o Amman, el Hilton en Kuwait, el Chari de Yamena, el Camino Real de El Salvador, el Continental en Saigón, El Sheraton de Buenos Aires, el Parador de El Aaiún, el Dunav de Vukovar, el Mansour y el Rachid en Bagdad, el Explanade en Zagreb, el Anna María de Medugorje, el Meridien en Dahran, el Holiday Inn de Sarajevo, y tantos otros repartidos por la vasta geografía de la catástrofe. Los hoteles elegidos como cuartel general por los reporteros contienen un mundo singular y pintoresco: equipos de televisión entrando y saliendo, cables que cruzan el vestíbulo y las escaleras, baterías cargándose en cualquier enchufe, parábolas de teléfonos y equipos de transmisiones por todas partes, el bar sometido a expolio sistemático, apagones, velas en las habitaciones, camareros, soldados, proxenetas, furcias, traficantes, taxistas, espías, confidentes, policías, intérpretes, dólares, mercado negro, fotógrafos sentados en el vestíbulo, tipos con la Sony pegada a la oreja escuchando France Inter o la BBC, cámaras por el suelo, equipos de edición, ordenadores portátiles, máquinas de escribir, chalecos antibalas apilados con cascos y sacos de dormir... A veces, como en Chipre, Kuwait o Sarajevo, también hay agua chorreando por las escaleras, cristales rotos a tiros y habitaciones deshechas a bombazos, colchonetas en los pasillos y el ruido de los generadores de gasolina para conseguir energía eléctrica. Barlés recordaba hoteles con Aglae Masini arrastrándose junto a Enrique Gaspar y

Luis Pancorbo por el vestíbulo mientras paracaidistas turcos les disparaban desde la piscina. Cornelius emborrachándose con Josemi Díaz Gil en la hora feliz —dos copas al precio de una— del Camino Real, después que un helicóptero salvadoreño los atacara con cohetes en las montañas. Enric Martí limpiando sus Nikon en el bar del Holiday Inn cuando los serbios volaban la habitación 326 de un bombazo. Achille D'Amelia, Ettore, Peppe y los otros periodistas italianos en bañador y con máscara antigás en la piscina del Meridien mientras los Scud iraquíes hacían sonar la alarma en Dahran. Alfonso Rojo mentándole la madre a Peter Arnett porque no le dejaba usar el teléfono en el Rachid de Bagdad. Ricardo Rocha con una copa en la mano, saliendo a la puerta del Intercontinental a ver cómo los sandinistas atacaban el búnker de Somoza. Manu Leguineche tecleando en la Olivetti en la terraza del Continental, con el Vietcong a tiro de piedra. Javier Valenzuela con gafas negras en el bar del Alexandre, descubriendo la guerra enamorado de una libanesa. Tomás Alcoverro hablando muy serio con el loro del Commodore, haciéndole repetir: *Cembrero, te odio, Cembrero, te odio.* Todo el mundo corriendo al refugio del Osijek Garni y Julio Fuentes dormido en su habitación sin enterarse de nada, porque se desconectaba el sonotone de la oreja para dormir tranquilo. O las dieciocho putas rumanas reclutadas personalmente por Barlés en la fiesta de Nochevieja de los periodistas en el Intercontinental, con los chulos y los camareros tomando copas, Josemi esnifándose un Actrón picado, los hermanos Dalton –televisión gallega– liando canutos, y Julio Alonso y Ulf Davidson, muy mamados, tirándole bolas de nieve al tipo de la CNN que en ese instante emitía en directo al pie de la ventana.

Seguían tumbados el uno junto al otro, mirando el río. Barlés observó una vez más el perfil del cámara: llevaba barba de dos días, y las arrugas verticales a cada lado de la boca le daban una expresión de dureza obstinada.

—No queda mucho tiempo –dijo Barlés.

—Me da igual. Esta vez no voy a perderme el puente.

Márquez tenía en Madrid una mujer y dos hijas a las que veía un mes al año, y transcurridos veinte días de ese mes se volvía tan insoportable que su propia familia le aconsejaba coger el avión y largarse a una guerra. Quizá por eso Eva, su mujer, no se había divorciado aún: porque existían guerras a las que mandarlo. A veces, en sus raros momentos de confidencia, Márquez se volvía a Barlés y le preguntaba qué coño iba a hacer cuando fuera demasiado viejo para viajar y tuviera que quedarse en casa meses y meses. Barlés solía responderle que no tenía ni puta idea. Si no muere antes o logra salirse a tiempo, un reportero jubilado es como un marino viejo: todo el día apoyado en la ventana, recordando. Uno termina en los pasillos, tomando cafés en la máquina y contándole batallitas a los jóvenes igual que el abuelo de la familia Cebolleta, como Vicente

Talon. A veces se preguntaba si no era preferible pisar una mina al modo de Ted Stanford en la carretera de Famagusta, o reventar de una buena trompa o un sifilazo en un bar de El Cairo o un burdel de Bangkok. O de un sida en condiciones como Nino, primero técnico de sonido y luego cámara de TVE, que se lo había bebido todo y se lo había cepillado todo antes de hacer mutis por el foro con menos de treinta años. Habían trabajado mucho juntos en el norte de África y el Estrecho, incluido un mes tendiendo emboscadas a los marroquíes con el Polisario, y Barlés todavía lo recordaba, estremeciéndose, en una pelea con botellas rotas en un bar de contrabandistas, en Gibraltar. Salieron de allí de milagro mientras Nino, que con pluma y todo era un tipo muy bravo cuando se colocaba, repartía tajos a diestro y siniestro. Ahora Nino estaba muerto y no tenía que preocuparse por la vejez, ni por la jubilación, ni por nada.

La jubilación. Hermann Tertsch solía mencionarla con lengua insegura hacia el tercer whisky, cuando su ordenador portátil ya había transmitido por línea telefónica la crónica que publicaría *El País* a la mañana siguiente. Hermann acababa de escribir un libro explicando la guerra en la ex Yugoslavia y lo habían ascendido a jefe de Opinión del diario, lo que significaba jubilarse de los viajes y la acción después de muchos años como reportero en Europa central. Era un fulano de la escuela austrohúngara, como Ricardo Estarriol, de *La Vanguardia,* y el maestro de maestros, Francisco Eguiagaray, a quien todos los taxistas de todos los hoteles de todo el este europeo saludaban con un elocuente *champán, chicas, factura, no problema.* Generoso como un gran señor, entrañable, nostálgico del Imperio y capaz de verter lágrimas con la Marcha de Radetzky, Paco Eguiagaray era el gran especialista de la zona, y sus crónicas para televisión, ferozmente antiserbias en los primeros momentos de la guerra, le costaron una jubilación anticipada. Sin embargo, el tiempo le daba la razón. Con Estarriol y Tertsch llegó a predecir, al pie de la letra, lo que se avecinaba en los Balcanes:

—Esos imbéciles de las cancillerías europeas no leen historia.

Solía referirse al tema mientras invitaba a champán helado en Viena, Zagreb o Budapest a los colegas más jóvenes, que acudían a él en busca de doctrina y experiencia. Acudían todos salvo la Niña Rodicio, que después de sólo dos años de periodismo activo se había transformado directamente de modosa becaria en pozo de experiencia, y no necesita doctrina de nadie, ni siquiera cuando confundía los calibres, hablaba de los B-52 bombardeando en picado, o permitía que Márquez y los cámaras que trabajaban con ella le sacaran las castañas del fuego. Quizá por eso la Niña Rodicio hablaba mal de Paco Eguiagaray, de Alfonso Rojo, de Hermann y de todo el mundo, y trataba a patadas a la gente de su equipo.

Como decían Miguel de la Fuente, Fermín, Álvaro Benavent y los que tuvieron el privilegio de vivir de cerca el asunto, trabajar con ella era igualito que hacerlo con Ava Gardner.

En cuanto a los fulanos de las cancillerías citados por Paco Eguiagaray al predecir el negro futuro de los Balcanes, estaban demasiado ocupados ensayando sonrisitas de autocomplacencia y posturas ante el espejo como para hacerle caso. "Vemos la crisis con razonable optimismo", había dicho el ministro español de Exteriores días antes de que los serbios atacaran Vukovar. "Habrá que hacer algo un día de estos", declararon sus colegas europeos cuando la segunda parte empezó en Sarajevo. Entre pitos y flautas habían tardado tres años en reaccionar, y lo hicieron chantajeando a los musulmanes bosnios para que aceptasen el hecho consumado de la partición del país; cuando ya nada podía devolver la virginidad a las niñas violadas, ni la vida a las decenas de miles de muertos. Hemos parado la guerra, decían ahora que todo parecía cerca de acabar, y se empujaban unos a otros para salir en la foto, presentándose en el cementerio a pintar de azul las cruces. Cuarenta y ocho de esas cruces correspondían a reporteros, muchos de ellos viejos amigos de Márquez y Barlés. Y ojalá los ministros y los generales y los gobiernos hubiesen hecho su trabajo como todos ellos: con el mismo pundonor y con la misma vergüenza.

Barlés siempre recordaba a Paco Eguiagaray y al clan de los austrohúngaros en su feudo del hotel Explanade de Zagreb. A diferencia de los anglosajones, que se alojaban en el Intercontinental, los españoles preferían el Explanade, más en la línea de los antiguos hoteles europeos, salvo Manu Leguineche, que se alojaba en el International para ahorrar, porque siempre iba tieso. En el Explanade el servicio era impecable, la bodega surtida, y las lumis discretas y elegantes. Fue allí donde, en el invierno del 91, Hermann Tertsch y Barlés brindaron con montenegrino de Vranac –la última botella– a la memoria de Paco Eguiagaray al volver del asedio de Osijek. En Osijek habían estado cenando en un restaurante al aire libre durante un bombardeo serbio. Las granadas pasaban por encima del jardín y caían cerca, pero ellos no se levantaron de la mesa porque los acompañaban Márquez, Julio Fuentes, Maite Lizundia, Julio Alonso y un grupo de periodistas jóvenes a quienes no podían decepcionar poniéndose nerviosos antes de los postres. Así que Barlés le dijo a Hermann una frase que después, con el tiempo, pasaría a formar parte de la jerga de los enviados especiales: *tres bombas más y nos largamos*. Terminaron todos corriendo a oscuras por la calle entre una lluvia de cañonazos. Fue la misma noche que una granada le llenó la espalda de astillas y vidrios a un redactor jovencito de *ABC* en el pasillo del hotel, y Julio Alonso se pasó horas con él en la bañera, quitándole una a una las esquirlas incrustadas en el cuerpo.

—Menuda suerte –decía Hermann, fumando sentado en el bidet–. Llegas a tu primera guerra, te hieren, sales en todos los periódicos y además firmas en primera página... A otros nos cuesta años hacernos esa reputación.

El de *ABC* asentía, aturdido, diciendo *¡ay!* mientras Julio Alonso le hurgaba en la espalda para extraer las astillas de vidrio.

—¿Ves? Te quejas de vicio.

Hermann era delgado, elegante, y parecía más un diplomático que un reportero. Usaba lentes con montura metálica y siempre vestía chaqueta y corbata, incluso en primera línea. Él y Barlés se conocían desde Bucarest en la Nochebuena del 89, cuando las matanzas de la Securitate y la revolución en las calles. El día que entraron en el palacio de Ceaucescu y Hermann se llevó una corbata del dormitorio presidencial –una corbata ancha, espantosa, que nunca se puso– hacía tanto frío que los pies se les congelaban sobre el hielo. Así que, para echar los diablos, cogieron una cogorza importante. Terminaron, de madrugada, haciendo una carrera nocturna en automóvil por las calles desiertas de la ciudad, entre controles y francotiradores, pasándose la botella de coche a coche con Josemi Díaz Gil, el cámara, y con Antonio Losada, el productor de TVE. Josemi el Chunguito era flaco, nervioso, valiente, y se pasaba la vida divorciándose. Tenía pinta de gitano guapo, y una vez, en un reportaje sobre cárceles de mujeres, las reclusas intentaron violarlo sobre la marcha. Toda la tribu había llegado a Bucarest la madrugada de la revolución, tras un viaje de locos a través de los Cárpatos, con Antonio Losada al volante, derrapando sobre carreteras heladas, entre barricadas en llamas y campesinos armados hasta los dientes que bloqueaban los puentes con sus tractores y los miraban pasar desde lo alto de los desfiladeros, como en las películas de indios. En cuanto a Antonio Losada, era un tipo alto, apuesto, de gran corazón. En Bucarest iba cada día a la televisión local a transmitir el material grabado para los telediarios, y cada vez entraba y salía arrastrándose por el suelo, porque todo el mundo le disparaba. Nunca le habían pegado tiros antes, pero se aficionó tanto a aquello que cuando no tenía crónica iba de todas formas con tabaco y whisky para los técnicos rumanos, que lo adoraban y terminaron queriendo casarlo con una montadora –de vídeo– muy guapa. Después de aquello estuvo en Bagdad la noche del bombardeo norteamericano, con Márquez y la Niña Rodicio, cuando todos menos Alfonso Rojo y Peter Arnett salieron por pies, y Márquez lloraba de rabia agarrado a la cámara porque la Niña Rodicio no quiso quedarse. Antonio Losada era el mejor productor de TVE –hablaba inglés, lo que entre los productores de Torrespaña suponía el no va más– y además era un pedazo de pan, pero a veces le daba la neura y la liaba. Una vez que perdió un avión y se quedó tirado en Budapest, fue a tomarse una copa y, como se aburría, se estuvo pegando él solo con los gorilas húngaros de un discobar hasta que le partieron un labio. Llegó a Torrespaña al día siguiente con dos puntos en la boca, tumefacto y feliz.

Sonaron más balas perdidas y Barlés vio que Márquez sonreía un poco mientras apuraba la última chupada de su cigarrillo. Lo conocía lo bastante para adivinar sus pensamientos. Un día con buena luz, un cigarrillo, una guerra.

—Te gusta esto, cabrón.

Márquez se echó a reír, con aquella risa suya de carraca vieja, sin responder en seguida. Después tiró lejos la colilla y estuvo viéndola humear entre la hierba.

—¿Te acuerdas de Kukunjevac? –preguntó por fin, como si no viniera a cuento.

Pero Barlés sabía que sí venía a cuento.

Kukunjevac fue en el 91, durante la ofensiva croata para capturar el pueblo serbio. Eran los tiempos en que uno llegaba junto a los soldados, decía hola muy buenas y se ponía a trabajar sin más trámites. Un batallón de seiscientos hombres avanzaba en dos filas a ambos lados de la carretera, recorriendo los cuatro kilómetros que los separaban del pueblo. Era la fuerza de ataque, la vanguardia, y todos sabían que los esperaba algo muy duro; a pesar de que eran jóvenes, ninguno mostró ganas de reír ni hacer bromas cuando Márquez se echó la Betacam al hombro y empezó a trabajar. Al principio siempre fingía rodar, para que se acostumbrasen y cobraran confianza, naturalidad. A eso lo llamaba trabajar con película inglesa. Pero aquel día no hizo falta. Al caer las primeras bombas, algunos sacaron rotuladores y bolígrafos para apuntarse, mientras caminaban, el grupo sanguíneo en el dorso de manos o antebrazos.

Kukunjevac fue la guerra de verdad. El día era gris, con algo de niebla sobre los campos verdes y las granjas que ardían en la distancia. A medida que se acercaban al pueblo cesaban las conversaciones y los comentarios, hasta que todos guardaron silencio y sólo se oyó el ruido de los pasos sobre la gravilla de la carretera. Barlés recordaba a Márquez caminando en la fila que iba por la derecha, un paso tras otro, la cámara a la espalda y la cabeza baja, mirando las botas del soldado que lo precedía; absorto en sus pensamientos o concentrado como un guerrero antes del combate. Y en realidad se trataba exactamente de eso. A veces Márquez parecía un samurai hosco y solitario, que se bastara a sí mismo sin necesitar un solo amigo en el mundo. Quizá todo cuanto los hombres echan en falta, aquello que les hace poner un pie ante el otro y largarse, él lo encontraba en la guerra.

Kukunjevac fue tan duro como esperaban; incluso más. En cabeza iba una sección de *cebras*, tropas de élite con el pelo rapado a franjas que solían cubrirse la cara con verdugos durante el combate. La técnica era simple: llegaban a una casa, sacaban a la gente escondida en el sótano a punta de fusil, la hacían caminar delante como escudo humano, y las casas empezaban a arder a los lados de la carretera. Uno de los cebras vino a Márquez para soltarle un amenazador *no pictures* cuando lo vio filmar a los civiles, así que el resto de las imágenes hubo que tomarlas a escondidas, con la cámara en la cadera y como si no estuviesen grabando nada. Barlés siempre recordaría Kukunjevac a través de las imágenes de Márquez; las que más tarde, en la sala de montaje de Zagreb, los equipos de otras televisiones acudieron a ver en impresionado silencio. El grupo de civiles que camina en vanguardia con los brazos en alto, estrechándose unos contra otros como un rebaño asustado. Soldados disparando ráfagas con el fondo de casas en llamas. La carretera inclinada, pues a veces Márquez no podía estabilizar bien la cámara, con soldados protegiéndose tras un blindado que mueve el cañón a derecha e izquierda mientras avanza. Otra vez el rebaño asustado y gris, lejano, en cabeza. El hongo de humo negro de una explosión cercana. El soldado joven que grita en un portal, alcanzado en el vientre, y aquel otro en estado de shock mirando a la cámara con ojos vidriosos mientras le taponan, o intentan hacerlo —no se quedaron allí para comprobarlo— la intensa hemorragia de la femoral desgarrada.

Y el campesino con ropas civiles, muy joven, a quien un cebra enmascarado interroga dándole bofetadas que lo hacen volver la cara a uno y otro lado mientras se orina encima de puro terror, con una mancha húmeda y oscura extendiéndosele, hacia abajo, por la pernera del pantalón.

Sí. Kukunjevac fue la guerra de verdad, y no existía Hollywood capaz de reconstruir aquello: el cielo gris, los soldados moviéndose por la carretera, las casas ardiendo. Y la sensación de peligro, tristeza inmensa, soledad, que transmitía la imagen ligeramente torcida de la cámara de Márquez. Barlés lo recordaba caminando entre los soldados con la Betacam en la cadera, inexpresivo, las aletas de la nariz dilatadas y los ojos entornados, saboreando la guerra. Y tenía la certeza absoluta de que ese día, en Kukunjevac, Márquez había sido feliz.

IV

LAS POSTALES DE MOSTAR

—Te apuesto un dólar –dijo Barlés– a que no vuelan el puente.

—Va ese dólar.

Márquez sacó del bolsillo un arrugado billete y se lo dio. Siempre era el mismo dólar el que apostaban, pasándoselo uno a otro según los avatares de la fortuna. Sólo una vez cambiaron de divisa, en Mostar, apostando un millón de dinares a que no habría ninguna bomba entre las dos y las dos y media de la tarde. A las dos y siete minutos, un mortero croata hizo impacto a diez metros del lugar donde conversaban con un teniente de los cascos azules españoles, mató a un civil e hirió a otros dos. Márquez grabó al teniente recogiendo a un herido mientras caían otros dos morteros más. El teniente quedó cubierto de sangre ajena, todos creyeron que también le habían dado a él, y contaban que su mujer, al verlo en el Telediario, se llevó un susto de muerte. El caso es que, al terminar, Barlés fue hasta el banco de Mostar, cuyos escombros estaban alfombrados con billetes de la desaparecida federación yugoslava, contó un millón en fajos de mil y se lo entregó a Márquez para saldar la apuesta.

Mostar. Habían visto destruido a bombazos el puente del siglo XVI y el antiguo barrio turco junto al río, donde al principio de la guerra aún era posible sentarse a tomar un café entre las viejas tiendas del mercado. Ahora sólo el hecho de acercarse a esa zona era peligroso, porque había francotiradores y caían morteros todo el tiempo. Márquez y Barlés buscaban un buen sitio, una esquina razonablemente protegida, y se apostaban allí con la cámara lista, filmando a la gente que corría para cruzar mientras les disparaban desde el otro lado del río. Pero de vez en cuando venía un mortero. Los morteros son peligrosos, porque entre las casas nunca se oyen venir y de pronto te los encuentras encima, como Marco Luchetta, D'Angelo y aquel cámara con barba, Alessandro Otta, los tres italianos de la RAI que una semana después, enero del 94, se bajaron de un blindado en el mismo sitio donde Márquez había filmado al teniente. Esta vez el mortero cayó diez metros más acá, adjudicándoles los números 46, 47 y 48 en la relación de periodistas extranjeros muertos en Bosnia. Barlés y Márquez conocían a Alessandro y sobre todo a Marco, que les mostró una vez la foto de sus dos hijos en el hotel Anna María de Medugorje; el mismo del que salieron aquella madrugada para cruzar las líneas y no volver, dejando los equipajes en las habitaciones y la cuenta sin pagar. Porque todos los reporteros, cuando los matan, dejan en el hotel la cuenta sin pagar, camisas sucias en el armario, un mapa clavado con chinchetas en la pared y una botella de whisky sobre la mesilla de noche.

Sí. Barlés sabía por experiencia que los morteros tienen muy mala idea. Que lo dijeran si no, allí donde estuviesen, los setenta desgraciados muertos de un solo impacto dos semanas después en el mercado de Sarajevo. O los que hacían cola para el agua en el mismo Mostar. Aquellas colas del agua, del pan o de lo que fuese, cualquier tipo de concentración humana, eran blanco favorito de los francotiradores, que usaban balas explosivas. Las balas explosivas son el catecismo de los *snaiperisti*, junto al viejo principio de que nunca debes matar a la primera víctima con el primer disparo. Se lo había explicado a Barlés y Márquez un francotirador bosnio en la parte vieja de Sarajevo: resulta más rentable pegarles en partes no vitales, brazos o piernas, y dejarlos allí, vivos y desangrándose, mientras se va cazando a quienes acuden en su auxilio. Sólo después, al terminar, se los remata con un último disparo en la cabeza. Después de aquello filmaron al francotirador haciendo una demostración práctica, y se enteraron de que a veces, con suerte, si el tiro ha sido en la cabeza el destrozo del cerebro sigue mandando impulsos, se mueve el cuerpo y la gente cree que continúa vivo, y va a por él, y bang.

Miguel Gil Moreno se había indignado mucho en Mostar cuando se lo contaron. Miguel era un abogado de Barcelona que había cambiado la toga por el periodismo y se paseaba de un lado para otro, por la guerra, en una moto de trial de 650 cc. Era su primer conflicto bélico y se lo tomaba todo muy a pecho porque aún vivía esa edad en que un periodista cree en buenos y malos, y se enamora de las causas perdidas, las mujeres y las guerras. Era valiente, orgulloso y cortés: nunca le pedía nada a nadie, hablaba a todo el mundo de usted y era muy cuidadoso con el lenguaje. Miguel había conseguido, nadie supo cómo, una acreditación de prensa con una carta de la revista *Solo Moto*, y ahora mandaba excelentes crónicas desde la primera línea a *El Mundo* y a diarios de provincias, utilizando el teléfono satélite del Cuarto Cuerpo de la Armija. Mientras otros periodistas contaban la guerra desde hoteles de Medugorje, Split y Zagreb, él vivía casi todo el tiempo en Mostar, y cada vez salía y regresaba con medicinas y comida para los niños. Se lo encontraban por allí, entre los escombros, con un pañuelo verde en torno a la frente, alto, flaco y sin afeitar, con los ojos enrojecidos y esa mirada inconfundible que se les pone a quienes recorren los mil metros más largos de su vida; mil metros que ya siempre los mantendrán lejos de aquellos a quienes nunca les ha disparado nadie. Lo apodaban *El Muyahidin* porque con su pelo negro y su nariz aquilina parecía más musulmán que los propios bosnios. Después, cuando se quedaba sin un duro y le ofrecían el Intersat de TVE para llamar a casa, su madre le daba unas broncas espantosas.

Tipos raros. Las guerras estaban llenas de tipos raros. Como Heidi, la periodista alemana que echaba miguitas de pan a las palomas en la plaza Bascarsija y se ponía furiosa cuando las espantaban los bombazos. O Florent, el fotógrafo francés tan guapo que parecía un modelo de Armani, intentando que le pegaran un tiro a toda costa porque su novia le puso los cuernos en París mientras él se exponía a que le volaran los huevos en Sarajevo; desesperado, se paseaba por *Sniper Avenue* a ver si le acertaban, mientras Gervasio Sánchez y los compañeros le hacían fotos con teleobjetivo desde lejos, por si acaso. Pero todos los francotiradores pasaban mucho de él. Tipos raros como Antíoco Lostia, del *Corriere*, un milanés tan enorme que su chaleco antibalas parecía un sostén antibalas, con dientes de conejo y pelo cortado a cepillo; cada vez que caía una bomba en una habitación del Holiday Inn, Antíoco la tachaba en una lista que llevaba en el bolsillo, como si se tratara de un cartón de bingo. Una vez organizó una fiesta para celebrar haberse tirado a la intérprete más guapa del hotel, y la tribu entera se dio cita, intérprete incluida, en un restaurante abierto a fuerza de dólares para la ocasión, comiendo latas de conservas y spaghetti mientras las bombas serbias caían en la calle.

Tipos raros como la banda de Julio Alonso, un equipo que trabajaba para varias televisiones, con todo el personal fumado hasta arriba y acarreando un garrafón enorme de whisky; María la portuguesa, que era corresponsal de radio y cantaba fados y espirituales negros cuando se mamaba; Pinto, reportero estrella de la RTP a pesar de que estaba loco como una cabra; el Petit Francés, un turista que se acercó a Sarajevo con un Renault 4L a ver cómo era la guerra y decidió quedarse; y el propio Julio, que había trabajado en TVE para *Informe Semanal* hasta que decidió establecerse por su cuenta. Arrastraban un cortejo de periodistas *freelancers,* aventureros zumbados, furcias –Pinto amaba a una– e intérpretes locales, y se metían en todos los fregados a bordo de coches destartalados llenos de botellas vacías y agujeros de tiros, con el radiocassette a todo trapo y en mitad de unos colocones tremendos. Una vez, María la portuguesa le pidió permiso a Fernando Múgica para lavarse en su habitación del Holiday Inn, y depués se quedó dormida en la cama, completamente desnuda y boca arriba. Tenía unas tetas estupendas, así que, al encontrársela allí, Múgica fue en busca de Barlés y pasaron la tarde sentados los dos frente a la cama, tomando copas y charlando mientras contemplaban el paisaje.

La banda de Julio Alonso era legendaria entre la tribu de los enviados especiales. Todos estaban muy pasados de vueltas, pero trabajaban mucho y tenían una suerte increíble. Una vez Julio estaba en Osijek con la Betacam al hombro, grabando un tejado sobre el que diez segundos antes había caído una bomba, cuando estalló otra exactamente en el mismo lugar, y todas las tejas se le vinieron encima y le quedó una imagen, como dijo mientras se sacudía el polvo, de puta madre. En otra ocasión el Petit Francés iba al volante hasta las cejas de canutos y los metió a todos, equivocando el camino, en mitad del frente de Dobrinja, donde ni los cascos azules se atrevían a ir. Pero nadie les disparó ni un tiro. Todos, serbios, croatas y musulmanes, estaban demasiado asombrados para reaccionar, viendo desde sus trincheras a aquel grupo de locos que discutía y daba marcha hacia atrás y hacia adelante en medio del campo de batalla, tirando por la ventanilla botellas vacías de JB a los campos llenos de minas. Jorge Melgarejo, que por un acceso de enajenación mental transitoria los acompañaba aquel día, siempre sudaba a chorros al recordarlo. Jorge era un tipo menudo, extrovertido y valiente, que se ponía una servilleta del hotel encima del casco para que tuviese menos aire militar. Como era bajito, sonreía siempre y usaba un casco de talla grande, solía tener aspecto de champiñón simpático. Era muy aficionado a las motos y a los divorcios, y mantenía de su propio bolsillo un asilo de huérfanos en Afganistán. Estando con los *muyahidines* en las afueras de Kabul, una granada rusa estalló delante, tirándole encima cuatro cadáveres de afganos pero sin hacerle un rasguño a él. De todos modos, como decía el corresponsal de EFE Enrique Martínez entre chupada y chupada a su vieja pipa, regalo de Arafat en Beirut, Jorge era reportero de la Radio Vaticana en castellano; así que, en su caso, los milagros tenían poco mérito: iban a cargo de la empresa.

Pasaban quince minutos y el puente seguía intacto. Márquez comprobó el indicador de batería y maldijo en voz alta. Quizá los continuos apagones del hotel habían afectado el nivel de carga.

—Voy al coche –le dijo Barlés.

Se puso en pie y caminó por la carretera hacia la granja, cuyos muros oscuros se veían en el primer recodo. Jadranka, la intérprete croata, estaba detrás con el Nissan vuelto en dirección opuesta al puente, por si las cosas se ponían mal y era necesario largarse a toda prisa. Siempre lo dejaban así desde que dos años antes, en Gorne Radici, una andanada de mortero los sorprendiera con el coche atravesado en el camino. En aquella ocasión, Márquez, Álvaro Benavent, Maite Lizundia y Jadranka habían tenido que arrojarse a la cuneta mientras Barlés, con las manos temblándole de angustia entre los zambombazos, maniobraba, marcha adelante y marcha atrás, hasta que todos pudieron correr de nuevo a bordo y salir zumbando.

En la trasera del Nissan estaba el material pesado: baterías y cintas de reserva, micrófonos, trípode, cables y herramientas, junto a varios bidones de gasoil, un botiquín de primeros auxilios y los cartones de tabaco de Márquez. También un par de cajas de malta escocés llenas de cintas con música para acompañar los largos recorridos por carretera: Sinnead O'Connor, Manolo Tena, los Platters, Bangless, Joe Cocker, Concha Piquer, Madonna. El Nissan era blindado, con ruedas a prueba de balas y una manta de *kevlar* en el piso para amortiguar el efecto de las minas. Costó veinte millones de pesetas, y Barlés se preguntaba quién del departamento de administración de TVE, por lo general mezquino hasta la exageración a la hora de soltar un duro extra, había caído en el estado de euforia etílica necesario para autorizar aquel dispendio. La salud física o el bienestar de sus enviados especiales no era algo que quitara el sueño a los responsables de Torrespaña, capaces de regatear hasta el importe de una cena en Sarajevo el día de Nochebuena, o pedir factura cuando gastabas cincuenta dólares en sobornar a un aduanero. A la hora de liquidar cuentas, el diálogo era siempre idéntico:

—¿Qué significa *gastos varios, doscientos dólares?*

—Pues significa exactamente gastos varios: un par de propinas, unos litros de gasoil, unos huevos en el mercado negro...

—No veo la factura del gasoil.

—Es que allí hay una guerra, ¿sabes? La gente no tiene facturas. No tiene de nada.

—¿Y eso de los huevos?

—Una alegría que decidimos darle a Márquez por su cumpleaños... Compramos media docena para que le hicieran un pastel, y cada huevo vale diez marcos alemanes en Sarajevo.

—¿Mil pesetas el huevo?

—Casi.

—Pues Televisión Española no os paga los huevos.

—Eres un cabrón, Mario.

—Lo soy, en efecto. Pero cumplo órdenes. La consigna es ahorrar, porque luego a los jefes les dan la bronca en el Parlamento... Por cierto, aquí dices: *cuarenta dólares de un bidón de gasoil confiscado por los serbios*. No especificas en qué circunstancias y por qué fue confiscado.

—Lo fue a punta de pistola y porque en Bosnia hay mucho hijoputa. Casi tantos como en Televisión Española.

Aterrados por la espada de Damocles de las auditorías y por la mala conciencia, supervisados por funcionarios que no tenían la menor idea de televisión ni de periodismo, firmaban las liquidaciones a regañadientes, y preferían justificantes falsos a que les contaras simplemente la verdad: que en las guerras sólo es posible moverse repartiendo dinero por todas partes y no hay tiempo, ni medios, ni ganas de ir por ahí pidiendo facturas. Cuando caen bombas las cosas no funcionan: no hay paradas de taxis, ni teléfonos, ni agua caliente, ni gasolineras. No hay tiendas abiertas, ni semáforos, ni policías, y la gente te dispara. Un chófer puede cobrar cinco mil duros por recorrer diez kilómetros en una zona batida por francotiradores, una lata de conservas cuesta mil o dos mil pesetas, un kilo de leña doscientos marcos en pleno invierno. Si en la guerra alguien quiere moverse y trabajar, no tiene más remedio que relacionarse con traficantes y con gentuza. Uno soborna a la gente, se mueve en el mercado negro, alquila coches robados o los roba personalmente. Pero ve a explicarle eso a un chupatintas de moqueta que ficha a las seis para irse a casa y ver el partido. Así que, para simplificar trámites, Barlés siempre traía un montón de justificantes en blanco, poniendo cualquier cosa en ellos con tal de no discutir. Queréis facturas, ¿verdad? Pues tomad facturas. Una vez le hizo llenar una en serbocroata de camelo a su sobrina de nueve años, para no usar siempre la misma letra: taxi Sarajevo-Split-Colmenar Viejo, o algo por el estilo. Firmado Radovan Milosevic Tudjman. A los administradores les daba igual, con tal de tener papel en forma con el que cubrirse las espaldas. Parapetados en sus despachos y muy lejos de la realidad de un campo de batalla, se apuntaban como un éxito rebajar mil duros en una cuenta de dos o tres millones de pesetas. Preferían gastarse el dinero en cubrir campañas electorales, fichar tías de tetas grandes, encargar programas a futurólogos, financiar *Quién sabe dónde* o el *Código uno* de aquel fulano, Reverte.

Al llegar a la granja, Barlés encontró al dueño asomado a la verja de la puerta. Era un croata moreno y fornido con quien se había cruzado a primera hora, cuando discutía con los soldados porque se negaba a abandonar su casa. Ahora miraba con inquietud hacia la carretera y el puente.

—¿Situación mala? –le preguntó a Barlés, en mal inglés.

—Mala –respondió éste–. Bijelo Polje *kaputt*. Yo de usted cogía a la familia y me largaba.

La familia asomaba las caritas llenas de churretes por los bajos de la verja: un par de críos rubios entre seis y ocho años. Al fondo del patio, junto a dos vacas y un viejo tractor oxidado, había una campesina también rubia, joven, y una anciana sentada bajo el porche.

Barlés se detuvo junto a la verja y le ofreció un cigarrillo al croata. Él no fumaba, pero solía llevar en los bolsillos del chaleco –linterna, bloc, bolígrafos, un mapa, acreditaciones de los tres bandos y la ONU, pasaporte, dólares, marcos, aspirinas, navaja suiza, fósforos protegidos en un condón, potabilizadoras, grabador, botiquín de emergencia, Pharmatón Complex, tira de goma para torniquetes, radio Sony ICF/SW– un paquete de Marlboro para darle a la gente; era una buena forma de romper el hielo. El otro agradeció con una inclinación de cabeza, y al cogerlo rozó las manos del periodista con sus dedos ásperos. Olía a sudor y a tierra.

—Mucho preocupado –dijo, exhalando el humo, y señaló a los críos–. Mucho problema.

En pocas palabras puso a Barlés al corriente de su situación: no estaba dispuesto a dejar la granja pues temía, con razón, que la saquearan o incendiasen al quedar abandonada. Veinte años, explicó, había trabajado en Alemania para invertir aquí los ahorros de toda su vida. Durante un tiempo creyó poder mantenerse al margen: su patria era el trozo de tierra que le daba de comer. Pero la guerra llamaba ahora a su puerta. Se debatía entre el miedo por su familia y el miedo a perderlo todo; a convertirse en uno más de los miles de refugiados que vagaban por Bosnia Central.

—No creer HVO retirarse nunca... —concluyó. Después puso una mano encima de la cabeza de cada crío—. ¿Cree musulmanes llegan hasta aquí?

Barlés se encogió de hombros.

—Si no vuelan el puente, sí.

—¿Y si vuelan puente?

—Entonces quizá no, y quizá sí.

Lamentaba la situación de aquel hombre, pero no más que la del resto de infelices que veía a diario. A fin de cuentas éste era joven y podía empezar de nuevo en alguna parte, si es que lograba salir vivo de allí. Muchos otros, como el viejo de las postales, ya no podrían empezar nunca en ningún sitio.

Habían conocido al viejo en el sector musulmán de Mostar un año antes, cuando Bijelo Polje se mantenía aún lejos de la guerra, y al campesino croata que ahora miraba angustiado hacia el puente se la traían floja Mostar y el resto del mundo. El viejo apareció una de esas mañanas en que durante algunas horas dejaban de caer bombas. Entonces el silencio venía como algo extraño, inusual, y entre las ruinas se alzaban hombres, mujeres y niños semejantes a fantasmas sucios. Era una mañana de ésas, con el sol tibio recortando los esqueletos negros de los edificios y aquel olor peculiar de las ciudades en guerra, ladrillo, madera quemada, cenizas y materia orgánica –basura, animales, seres humanos– pudriéndose bajo los escombros. Ese olor que no encuentras en ninguna otra parte y que te acompaña durante días, pegado a tu nariz y a tus ropas, incluso cuando te has duchado veinte veces y hace mucho que te has ido. Era una de esas mañanas en que la guadaña descansa mientras la afilan de nuevo, y Barlés y Márquez descansaban en los escombros de un portal, aprovechando la tregua, con el consuelo egoísta de llevar en el bolsillo un billete de avión; ese pasaje que tarde o temprano permite decir basta e irse a otro sitio, allí donde puedes beber cerveza viendo pasar a la gente, y las chicas guapas pasean por la calle sin que les peguen un tiro. Era un día de esos y Barlés pensaba en la imposibilidad de trasmitir, en minuto y medio de Telediario, lo que uno siente cuando en las ruinas de una casa –muebles astillados, cortinas sucias hechas jirones, un cuadro en la pared atravesado por impactos de metralla– encuentra en el suelo las fotos de un álbum familiar, pisoteadas entre cenizas y deformadas por el sol y la lluvia. Un hombre sonriendo a la cámara. Un anciano con tres niños sobre las rodillas. Una mujer aún joven, bella, de ojos fatigados, con una sonrisa lejana y triste como un presentimiento. Niños en una playa, con salvavidas y una caña de pescar. Y un grupo en torno a un árbol de Navidad donde podían reconocerse los niños, el anciano y la mujer de ojos tristes.

Aquel de las fotos era un día de esos en Mostar, y Barlés y Márquez estaban sentados entre los escombros sin decir palabra. Y entonces llegó un hombre en camiseta y zapatillas, un anciano musulmán que llevaba en la mano un pequeño mazo de tarjetas postales, y les contó su historia igual que el croata de la granja acababa de contar ahora la suya a Barlés. Tampoco aquel era un relato original: un hijo desaparecido, una mujer enferma en un sótano, la casa en el otro lado de la ciudad. El recuerdo de los hombres enmascarados que llegaron de noche, levanta, vamos, afuera, al puente, vete al otro sector. Los disparos, y los dos ancianos huyendo despavoridos en la oscuridad, sin tiempo a pensar que se iban para siempre.

Cuando terminó de contar, el viejo les fue mostrando las postales, manoseadas de tanto repasarlas una y otra vez. Mira, amigo, así era Mostar antes. Mira qué hermosa ciudad. El puente medieval, las calles en cuesta. Las dos torres antiguas. Ya no están las torres, *finito*. Terminado. Tampoco este edificio existe ya. Ni el puente. *Nema nichta*, nada de nada. Todo *kaputt*, ¿comprendes? Mira, aquí estaba mi casa. Bonita plaza, ¿verdad...? El anciano señalaba al otro lado de la ciudad. Estaba allí, en esa parte. Antigua de dos siglos, compruébalo en la postal. Ya no existe, no queda nada. El palacio, el edificio, la fuente. Todo destruido. Todo eliminado. Todo...

—Todo a tomar por culo –zanjó Márquez.

El anciano estuvo un rato en silencio. Al cabo suspiró, y antes de irse se entretuvo en reordenar cuidadosamente, con extraordinaria ternura, el mazo de postales que era cuanto le quedaba de su ciudad y de su memoria.

—¡*Barbari!* —le oyeron murmurar en voz baja—. ¡*Nema historia!*

Después se alejó, y vieron cómo se lo tragaban otra vez la ciudad y la guerra.

Sonó un estampido en la dirección de Bijelo Polje y el campesino se volvió hacia allí, sobresaltado. Los niños rieron. Barlés miró hacia el porche, donde la mujer tenía cogida una mano de la anciana y los observaba.

—Ella debería irse —dijo—. Con los niños.

El croata se retorcía las manos. Llevaba al menos una semana sin afeitar y sus ojos enrojecían de insomnio.

—No puede ir sola —respondió—. Nadie cuida ella.

Barlés hizo una mueca desprovista de caridad. Había visto demasiadas granjas musulmanas ardiendo, demasiados campesinos musulmanes degollados en los maizales, demasiadas mujeres musulmanas acurrucadas en un rincón con ojos de animal herido. También había visto a una joven con su vestido de los domingos, muerta en el maletero de un Volkswagen Golf, con las piernas desnudas colgando sobre el parachoques. Y a una niña de diez años con un tiro en la cabeza, en mitad de un charco de sangre en el salón de su casa —era curiosa la cantidad de sangre que podía tener en el cuerpo una cría tan pequeña–. Todos, y a veces Barlés pensaba que incluso él mismo, tenían demasiadas cuentas que saldar en aquella guerra, donde las mujeres eran tristes y los hombres tenían tan mala leche.

Casi nunca intentaba explicarlo. Él era un reportero, y a la hora de trabajar Dios sólo existe para los editorialistas. El análisis se lo dejaba a los compañeros de corbata, en la redacción, o a los expertos que salían explicando factores geoestratégicos con grandes mapas coloreados como fondo y a los ministros que asomaban la sonrisa en el informativo de las tres, muy atareados en Bruselas, hablando siempre en plural: nosotros hemos, nosotros vamos a, nosotros no podemos tolerar. Para Barlés, el mundo se reducía a planteamientos más simples: aquí una bomba, aquí un muerto, aquí un hijo de la gran puta. En realidad era siempre la misma barbarie: desde Troya a Mostar, o Sarajevo, siempre la misma guerra. Una vez lo contó en una conferencia, en Salamanca, ante alumnos de Periodismo que tomaban notas y abrían ojos como platos mientras él les contaba el precio de un polvo en Manila, cómo hacerle el puente a un coche robado o sobornar a un policía iraquí, y los catedráticos –era la Pontificia– se miraban de reojo, inquietos, preguntándose si habían invitado a la persona adecuada. Se trata de la misma guerra, les dijo. "Cuando lo de Troya yo era muy joven, pero en los últimos veinte años he visto unas cuantas. No sé qué os contarán otros; pero yo estaba allí, y juro que siempre es la misma: un par de desgraciados con distinto uniforme que se pegan tiros el uno al otro, muertos de miedo en un agujero lleno de barro, y un cabrón con pintas fumándose un puro en un despacho climatizado, muy lejos, que diseña banderas, himnos nacionales y monumentos al soldado desconocido mientras se forra con la sangre y con la mierda. La guerra es un negocio de tenderos y de generales, hijos míos. Y lo demás es filfa".

En cuanto a los Balcanes, había explicado Barlés en Salamanca a la futura competencia –casi todas mujeres; era increíble la cantidad de tías que iban a ser periodistas–, siempre fueron zona de frontera. En ese lugar estuvo la línea de confrontación entre los imperios austrohúngaro y turco, y las poblaciones de uno y otro lado ejercieron, durante siglos, como verdugos y víctimas en las diversas tragedias que deparó la Historia –las chicas de las primeras filas tomaban notas, aplicadas, y Barlés decidió cargar un poco las tintas–. "Ya sabéis: soldados y funcionarios imperiales, fugitivos que se refugiaban en el otro lado, musulmanes cristianizados, cristianos islamizados. Turcos que se la endiñaban a los cristianos jovencitos y cosas así –las notas se interrumpieron y la decana miró, inquieta, el reloj–. Eran guerras a la manera clásica: represalias, pueblos pasados a cuchillo, mujeres violadas, cosechas en llamas. Heridas que sangran todavía. Al fin y al cabo, hace sólo cien años Sarajevo aún era turca. En Europa, las hogueras de la Inquisición, la toma de Granada, el tributo de las cien doncellas, la noche de San Bartolomé, la conjura de los Boyardos, Crécy, Waterloo, los naúfragos de la Invencible asesinados en las costas de Irlanda, el dos de Mayo, son asuntos lejanos, tamizados por el tiempo, asumidos como parte de un pasado que ya no tiene vínculo físico con el presente. Pero en los Balcanes la memoria es más fresca. Los bisabuelos de quienes ahora combaten todavía se acuchillaban en nombre de la Sublime puerta o de la Viena imperial. La cuestión serbia encendió la Primera Guerra Mundial, y durante la Segunda, las atrocidades de *ustachis* croatas por una parte, y de *chetniks* serbios por la otra, dejaron bien fresca una tradición de agravios y de sangre. Después de todo, cada familia cuenta con un bisabuelo degollado por los turcos, un abuelo muerto en las trincheras de 1917, un padre fusilado por los nazis, la Ustacha, los chetniks o los partisanos. Y desde hace tres años, a eso hay que sumarle una hermana violada por los serbios en Vukovar, un hijo torturado por los croatas en Mostar, un primo hecho filetes por los musulmanes en Gorni Vakuf. Allí –había dicho Barlés a su joven auditorio– cada hijo de puta lo tiene todo muy claro, muy reciente. Por eso los Balcanes entraron chorreando sangre en el siglo XX y entrarán del mismo modo en el XXI, por muchas milongas que os cuente el ministro Solana. El nacionalismo serbio, todos esos intelectuales que ahora pretenden lavarse las manos tras parir criminales como

Milosevic y Karadzic, manipuló esos fantasmas para enfrentar a quienes no deseaban la guerra. Y el llamado Occidente, o sea, vosotros y yo, consentimos que así fuera. Los métodos más sucios fueron puestos en práctica, ante la pasividad cómplice de una Europa incapaz de dar un puñetazo a tiempo sobre la mesa y frenar la barbarie. Esa diplomacia europea sin pudor y sin redaños, gratificando la agresión serbia con la impunidad, poniendo parches a toro pasado, hizo que primero croatas y después musulmanes bosnios se subieran al carro de la limpieza étnica y el degüello. Puesto que la canallada es rentable, se dijeron, seamos canallas antes que víctimas camino del matadero. Después la miserable condición humana se disparó sola, e hizo el resto del trabajo, y así van las cosas. Acabo de resumiros lo que pasa en Bosnia, hijos míos. O mejor hijas mías. Que os aproveche.

—Si mujer va sin mí, nadie cuida ella —repitió el croata.

Barlés observó la expresión hosca, obtusa, del hombre que tenía enfrente. Estaba harto de él, de su mujer y de la granja. Estaba harto de explicar; harto de palabras. De todos modos, Bijelo Polje se veía demasiado lejos de las Facultades de Periodismo. Allí las palabras sobraban.

—Si la Armija llega hasta aquí —dijo, haciendo un último esfuerzo— nadie cuidará de ella tampoco.

El hombre se volvió a medias para mirar a su mujer. Después bajó avergonzado la cabeza e hizo un gesto con la mano, señalando la granja.

—Es todo que tengo.

Barlés asintió despacio, antes de echarle un último vistazo a los chiquillos y caminar de nuevo, en dirección al Nissan. A veces, pensó mientras se alejaba con la mirada del hombre y los críos fija en su espalda, resulta una suerte no tener familia, ni nadie de quien preocuparse en el mundo. De esa forma uno puede salvarse, matar, morir, o reventar en paz.

V

HAY MUJERES QUE TIENEN UN PAR

El zumbido de un avión sobrevolaba el valle. Barlés sabía que era un reconocimiento de Naciones Unidas, pero echó un vistazo instintivo a los árboles cercanos, en busca de posibles lugares donde protegerse. Tres años antes, en Vukovar, un Mig serbio que volaba despacio y bajo lo había sorprendido en idéntica situación que ahora, camino del coche en busca de una batería de reserva. Aquel Mig llegó de improviso cuando Barlés se hallaba al descubierto, en mitad de un descampado. Era tan absurdo correr que estuvo allí quieto y sobrecogido de miedo, mirando hacia lo alto con la inútil batería en la mano, mientras el avión se inclinaba de un ala para identificar la silueta solitaria e inmóvil y las letras TV pintadas en el techo del coche cercano. Barlés recordaría siempre el siniestro fuselaje mimetizado, el reflejo del sol en la carlinga y la silueta del piloto mientras se inclinaba a mirarlo. Después, el Mig se fue a soltar las bombas más lejos, en la parte vieja de la ciudad, sobre otro objetivo que valiera más la pena.

Cuando llegó al Nissan, Barlés aún pensaba en Vukovar, el Stalingrado croata. La ciudad fue destruida casa por casa en el otoño del 91, y en algunas de esas casas, mientras todo ocurría, estuvieron Márquez y él. Entraban y salían por los maizales con una vieja Ford Transit incluso durante los últimos días, cuando todo era un montón de escombros donde resistían sin esperanza los últimos defensores. Vivieron en el hotel Dunav hasta que fue destruido, y la última noche en él fue aquélla en que Gervasio Sánchez salió del refugio en busca de Barlés mientras las bombas serbias caían por todas partes, y los barcos federales, que eran sombras siniestras y oscuras a lo largo de la corriente, tiraban sobre el Dunav desde el río. No había otro refugio que los urinarios, y allí se metieron media docena de soldados croatas, Barlés, Márquez, Jadranka, Gerva Sánchez, el fotógrafo argentino Manuel Ortiz, y Alberto Peláez con su equipo de Televisa Méjico. Fue una noche larga, ruidosa e incómoda, entre el retumbar de las explosiones y el hedor de los retretes.

—De aquí no salimos —decía Alberto Peláez, observando a los jóvenes croatas descompuestos por el pánico. Alberto era un pesimista nato y siempre lo pasaba fatal en las guerras. A pesar de eso, volvía una y otra vez sin que nadie lo obligara, y le entraban unos remordimientos enormes cuando se perdía algo importante. En eso era igual que Julio Fuentes, de *El Mundo*, que lo pasaba muy mal cuando estaba entre las bombas y lo pasaba aún peor cuando no estaba.

Aquella noche, mientras se protegían del ataque serbio en los urinarios del Dunav de Bukovar, a la luz de una vela, los periodistas sacaron una botella de Jack Daniels para encajar mejor la cosa. De vez en cuando, un estampido más próximo hacía temblar las paredes. Acurrucados en un rincón, con la cabeza entre las manos, los soldados miraban a los reporteros como se mira a un grupo de locos. Qué coño hacen estos tipos, se preguntaban.

—¿Por qué estás aquí? –interrogó uno de ellos a Manuel.

—Nunca preguntes eso –respondió el argentino.

—Yo estoy porque me he divorciado –dijo alguien–. Para que se joda.

Nadie cuestionó la oscura lógica del asunto. Entre ellos, Márquez dormía a pierna suelta, indiferente a las bombas de afuera, al hedor de los urinarios atrancados y a las conversaciones.

—Yo no quiero morir –decía Alberto, medio en broma medio en serio.

—Yo tampoco.

—Ni yo.

—A ver si os calláis de una puta vez.

Pero no se callaban, porque la tensión desata los nervios y la lengua. La botella siguió su ronda y el técnico de sonido mejicano y Manuel, algo mamados, se pusieron a cantar rancheras. Así que Barlés fue a instalarse con su saco de dormir arriba, en el vestíbulo del hotel, junto a una columna de hormigón que le pareció, en la oscuridad, relativamente segura, y Gervasio Sánchez, que era amigo suyo, subió a buscarlo para que bajara de nuevo. Al no convencerlo pasó el resto de la noche tumbado en el vestíbulo con él, haciéndole compañía, iluminados a intervalos por el resplandor de las bombas que estallaban en la calle.

—Si me matan esta noche –decía Gervasio– no te lo perdonaré nunca.

Gerva Sánchez era una de las mejores personas que cubrían aquella guerra. Empezó como *freelance* en las guerras de América Latina, El Salvador y Nicaragua, y ahora trabajaba para *Cover* y *El País*, además de enviar crónicas a su diario natal, *El Heraldo de Aragón*. Corría riesgos enormes buscándose la vida de un lado a otro, y después de Vukovar y Osijek y todo aquello pasó largas temporadas en Sarajevo. Se lo encontraban siempre a pie por las calles de la capital bosnia, cargado con sus cámaras y su destrozado chaleco caqui de reportero sobre el antibalas de segunda mano.

—¿Y tú por qué estás aquí? –le preguntaba Barlés, guasón, aquella noche en el vestíbulo del hotel Dunav de Vukovar.

—Porque me gusta –respondía Gervasio humilde, en voz baja.

Además de buena persona, Gerva Sánchez era un gran fotógrafo de guerra. En los últimos tiempos formaba a menudo pareja con Alfonso Armada, de *El País*, un joven con gafas redondas que era autor teatral de éxito, pero fue a Sarajevo para una sustitución y se aficionó tanto a aquello que no había forma de sacarlo de allí. Iban siempre juntos a todas partes, como Hernández y Fernández.

El recuerdo de Gervasio hizo sonreír a Barlés. Sin embargo, respecto a Vukovar no había muchos motivos que justificasen la sonrisa. Ninguno de los soldados croatas que conocieron entonces seguía vivo ya, salvo en las imágenes de Márquez archivadas en Torrespaña. Cuando cayó la ciudad, los serbios asesinaron a todos los prisioneros en edad de combatir, Grüber incluido. Grüber era comandante de la posición de Borovo Naselje, donde Márquez y Barlés solían instalarse durante los combates porque allí los dejaban moverse a su aire. Incluso, una vez, Grüber organizó un contraataque para recuperar un edificio cercano, a una hora con buena luz para que ellos lo filmaran. El contraataque fracasó, pero lograron llegar hasta los blindados serbios destruidos y grabar los cadáveres de soldados federales tendidos en el suelo, antes de que los otros, los vivos, los obligaran a retroceder de nuevo. El comandante Grüber tenía veinticuatro años, fue herido varias veces, y los últimos días, con un pulmón lleno de agujeros y un pie amputado hasta el tobillo, terminó con otros centenares en el sótano del hospital, cuando ya el perímetro defensivo se reducía a unos pocos metros.

Así que al llegar los serbios, lo sacaron fuera con los demás y le pegaron un tiro en la nuca. Todos ellos, Grüber y los chicos de Borovo Naselje, Mate y Mirko el bosnio, incluso Rado, el rubito pequeño que se enamoró de Jadranka, la intérprete, estaban ahora en fosas comunes, abonando los campos de maíz.

Aquella misma Jadranka, el amor platónico del pequeño Rado, estaba ahora en el Nissan, anotando las noticias que escuchaba por la radio, y levantó la cabeza para mirar a Barlés, preocupada, cuando éste abrió la puerta del coche. El periodista se preguntó si ella recordaría como él a Grüber y al resto de los muchachos de Vukovar. Imaginaba que sí, aunque Jadranka siempre se negaba a hablar de aquello, como si deseara olvidar un mal sueño. Vukovar fue su bautismo de fuego en una guerra que ella empezó como ardiente patriota para terminar decepcionada de la política, la guerra, los hombres y mujeres que manejaban los hilos de ambas. En 1992, tras dimitir de un influyente cargo oficial en el Gobierno Tudjman, Jadranka recuperó su plaza de profesora de castellano y catalán en la Universidad de Zagreb. Alternaba eso con trabajos de intérprete para la embajada de España, y sólo volvía a los frentes de batalla en muy raras ocasiones, para trabajar con Barlés y Márquez, a 130 dólares la jornada. La unían a ellos lazos especiales; al fin y al cabo, a su lado había descubierto la guerra casi tres años atrás, moviéndose por toda Croacia de Petrinja a Osijek, de Vukovar a Pakrac; su currículum profesional como intérprete de aquel verano-otoño del 91 estaba ligado a los nombres de las más crueles batallas entre federales yugoslavos y nacionalistas croatas. Era morena, grande y dulce, con el pelo prematuramente encanecido, y sostenía que muchas de aquellas canas correspondían a días de trabajo junto a Márquez y Barlés. Odiaba las corridas de toros y consideraba a los españoles sanguinarios; lo que, viniendo de una croata, tenía mucha guasa.

—Todo va mal –informó Jadranka, apagando la radio.

—Ya me he dado cuenta.

—La Armija se mueve hacia Cerno Polje. Si llegan hasta allí, cortarán la carretera.

El periodista blasfemó despacio, en voz alta y clara. Aquello era un fastidio. Si los musulmanes cortaban la carretera iba a ser difícil irse. Ella, en especial, con su apellido –Vrsalovic– nunca lograría pasar un control de la Armija a pesar de su acreditación de Naciones Unidas.

—Como en Jasenovac –murmuró Barlés.

—Como en Jasenovac –repitió ella, sonriendo inquieta.

Se habían escapado de Jasenovac un par de años antes, cuando los tanques serbios cerraban la tenaza en torno a Dubica, pasando a toda velocidad por el punto donde la ruta iba a quedar cortada diez minutos más tarde. Antes de abandonar Dubica, Barlés tuvo tiempo para rescatar de una iglesia en llamas dos misales ortodoxos del XVIII y un pequeño lienzo antiguo de San Nicolás, que cortó del marco con cuatro tajos de su Victorinox.

—Se iba a quemar de todas formas –dijo.

Aquello lo hizo acreedor a una bronca de Jadranka cuando ésta supo que no tenía la menor intención de entregarlo a un museo o al ministerio de Cultura croata.

—Pillaje se llama eso –repetía, indignada, mientras Márquez hacía volar el coche por la carretera–. Pillaje infame.

El hecho de que Barlés le recordara que la iglesia era serbia ortodoxa y que la habían incendiado los propios croatas, no atenuaba su indignación. En aquel tiempo, Jadranka conservaba intactos sus puntos de vista morales de antes de la guerra. Era la época en que el equipo de TVE en la que aún se llamaba Yugoslavia lo componían cinco: ellos tres con el técnico de sonido Álvaro Benavent y Maite Lizundia la productora, jovencita novia de un músico de Los Ronaldos. Maite era pequeña, silenciosa y resuelta. Estaba en su primera guerra y hacía exactamente lo que veía hacer a Márquez y Barlés, siguiéndolos a todas partes con su mochila a la espalda y la cabeza agachada cuando pasaban las bombas y las balas. En Vukovar, el día que los serbios lanzaron su primer gran ataque de artillería contra el cuartel general croata, tuvieron que decidir entre bajar al refugio, lo que suponía seguridad momentánea pero también la posibilidad de no salir nunca, o alejarse a pie del sector donde se concentraba el bombardeo. Escogieron la segunda solución, y Maite los acompañó sin decir esta boca es mía durante aquella larga media hora, pegándose a las fachadas de las casas, sin poder filmar un plano ni maldita la gana que tenían, mientras los proyectiles reventaban encima y les hacían caer sobre la cabeza tejas y ramas de árboles. En cuanto a Álvaro, el técnico de sonido, era un tipo decidido y tranquilo, que incluso cogió la Betacam para rodar unas imágenes excelentes durante los combates de Gorne Radici. Pero después de Vukovar, y del día que se escaparon por los pelos de Dubica y Jasenovac, no volvió a ser el mismo. Barlés recordaba el ruido de su respiración y sus dedos clavados en el respaldo del coche mientras aceleraban por la carretera y los tanques serbios se movían a lo lejos, en el horizonte. Nunca quiso volver con ellos a la guerra. Después de esto, repetía una y otra vez por la carretera de Jasenovac, yo he cumplido con la patria. Así que os pueden ir dando. A los dos.

Mujeres en la guerra. Jadranka, Maite. Heidi y sus palomas. Catherine Leroy con sus cámaras al hombro, discutiendo con un soldado israelí en Tiro. Carmen Romero, de *Efe*, mojada de nieve en el Intercontinental de Bucarest, buscando un teléfono para transmitir que había muchos muertos en las calles. Carmen Postigo ejecutando un baile sexy con Ulf, su cámara sueco, la

Nochevieja de la caída de Ceaucescu. Aglae Masini cruzando Beirut en el 76, esquivando francotiradores, ciega por el gas de las bombas, para transmitir su crónica diaria por télex al diario *Pueblo*. Carmen Sarmiento contando en directo una emboscada, en Nicaragua. Lola Infante en Yamena, mirando despavorida a Barlés cuando éste le puso sobre la falda la clavícula de un esqueleto —tiro en la nuca, manos atadas con alambre— devorado por los cocodrilos a orillas del río Chari. Arianne conduciendo con chaleco antibalas y un cigarrillo en la boca mientras los francotiradores disparaban en la *Sniper Avenue* de Sarajevo y en la radio del coche Lou Reed cantaba *Caminando por el lado salvaje*. Cristina Spengler en un Land Rover cubierto de polvo, entre campos de minas al suroeste de Tinduf. Slobodanka manchada de sangre, intentando cortarle la hemorragia a Paul Marchand. Oriana Fallaci contándole a Barlés lo de su cáncer a bordo de un avión entre Dahran y Hafer Batin, una semana antes de la invasión de Kuwait. Peggy, la cámara de la CNN, con la mandíbula inferior destrozada por una bala explosiva y la lengua por corbata. María la Portuguesa durmiendo con las morenas tetas al aire. Corinne Dufka recortada a contraluz en las llamas del hotel Europa, con el cabello recogido en una trenza, los ceñidos tejanos y las Nikon colgadas del cuello, el día que Barlés no pudo quedarse quieto y ella lo fotografió sacando niños en brazos. Corinne y Barlés se conocían desde El Salvador, y era la mujer más valiente que él vio nunca en una guerra. Sus fotos de Bosnia daban la vuelta al mundo y eran portadas en *Time*, *Paris Match* y las grandes revistas internacionales. Había estado en Sarajevo meses y meses, entrado en Mostar a pie, por las montañas, y en el 92 saltó sobre una mina en Gorni Vakuf. Tardó un mes en recuperarse, y volvió de nuevo a la guerra, luciendo cicatrices aún frescas que se unían a las antiguas. Como dijo Gerva Sánchez al verla aparecer otra vez en el vestíbulo del Holiday Inn, hay mujeres que tienen un par de cojones.

—Deberíamos irnos –recomendó Jadranka.

Mientran cambiaba la batería usada por otra nueva, Barlés miró el humo que salía de Bijelo Polje. Después encogió los hombros.

—Márquez quiere su puente.

—Dios mío –dijo ella.

Conocía de sobra a Márquez para saber que cuando algo le entraba en la cabeza no había más que hablar. Su leyenda estaba llena de historias, apócrifas o verdaderas. Se contaba de él que una vez, en Vietnam, insistió para que a un vietcong condenado a muerte, vestido con ropas negras, lo fusilaran sobre una pared de color claro, a fin de que la imagen no empastara al filmarlo. Si se lo van a cargar de todas formas, decía, más vale que sirva de algo. Le preguntaron al vietcong y dijo que le daba igual, que pasaba mucho. Así que lo cambiaron de pared.

Barlés iba a preguntarle a Jadranka qué más había dicho la radio. Pero entonces sonó un estampido tremendo, y la onda expansiva movió la puerta abierta del Nissan y agitó las hojas del cuaderno de la intérprete. Con lo que Barlés se dijo que tal vez, después de todo, Márquez tenía su jodido puente.

Pero no se trataba del puente. Cuando se acercó a la curva junto a la granja, vio que un cañonazo o un mortero pesado, tal vez 82 ó 120 mm había caído en un ala del edificio, hundiendo un muro y sembrando de tejas rotas la carretera. Oía a su espalda los pasos de Jadranka pero no se volvió, sino que se puso a correr hacia la casa. Al llegar a la verja vio fugazmente, a su izquierda y a lo lejos, que Márquez se incorporaba sobre el talud y tenía la cámara pegada a la cara, grabando la humareda que aún se alzaba en el aire tras la explosión.

La verja estaba abombada y fuera de sus goznes. Saltó por encima, al patio, y lo primero que encontró fue una vaca muerta y un reloj de cuco suizo, roto en el suelo y con el pajarito fuera. Olía muy fuerte a explosivo quemado. La puerta de la casa estaba abierta y el suelo lleno de cristales rotos, pero no halló a nadie. Gritó para llamar al campesino croata y al poco lo vio asomar por la escalera del sótano, con el semblante de color gris ceniza.

—¿Todo *dobro*? –le preguntó, haciendo un gesto con la mano hacia el suelo para referirse a los niños– ¿...*Nema problema*?

El croata negaba con la cabeza. Cuando Barlés se acercó a la escalera oyó a los críos llorar abajo. Márquez apareció en la puerta, con Jadranka; había entrado filmando, en *travelling,* por si encontraba dentro algo que mereciera la pena. Barlés hizo un gesto negativo. Lo único a filmar era el sótano, pero el flash estaba en el Nissan. De todos modos, aquel sótano ya lo habían filmado cien veces en cien lugares distintos, y también era siempre el mismo, como las casas en llamas y los muertos que se parecían a Sexsymbol: una madre acurrucada en un rincón, estrechando a dos críos aterrorizados. Una anciana medio inválida con la mirada ausente, absorta en las aguas negras de su pasado, más allá del bien y del mal. Y un hombre con esa tonalidad grasienta, gris, que el miedo da a la piel. Un hombre humillado, confuso, incapaz de hacer nada por los suyos. No merecía la pena ir hasta el Nissan, por el flash, para grabar otra vez aquello.

—No merece la pena –le dijo a Márquez.

El cámara se encogió de hombros y salió al patio de la granja. Jadranka hablaba con el hombre en serbocroata, y éste asentía con aire perplejo, retorciéndose las manos. El cielo sobre la cabeza, pensó Barlés. Nos pasamos la vida creyendo que nuestros esfuerzos, nuestro trabajo, lo que conseguimos a cambio de todo eso, son definitivos, estables. Creemos que van a durar; que nosotros vamos a durar. Y un día el cielo nos cae sobre la cabeza. Nada es tan frágil como lo que tienes, se dijo. Y lo más frágil que tienes es la vida.

Salió al patio. Márquez hacía una panorámica desde la vaca muerta al muro destruido de la granja. A veces un animal muerto resulta más patético que un ser humano. Todo es cuestión de cómo se componga el plano, o la foto. Incluso un animal vivo. Recordaba el perro con una pata rota de un balazo que los siguió una vez, cojeando, a Paco Olmedilla y a él, en Beirut, durante el asedio de Sabra y Chatila. En la guerra, los ojos de un animal herido son idénticos a los de un niño, porque mira a los hombres como el chiquillo mira a los adultos: reprochándoles un dolor que siente y cuya causa no comprende. Todos aquellos ojos de críos quemados por el napalm, desorbitados por el sufrimiento entre los vendajes que les cubrían la cara, en Jorramchar, en Estelí, en Tiro y en cientos de sitios que también eran siempre el mismo; todos los ojos de todos los niños de todas las guerras eran una larga recriminación sin palabras al mundo de los adultos. Pero no hacía falta que estuviesen heridos, o muertos como aquel de seis años que filmaron pequeño y solo, con un inútil vendaje en torno a la cabeza, tan frágil con su boca abierta y los brazos y el pecho desnudos, en el suelo de la morgue de Sarajevo el día que Paco Custodio le pasó la cámara a Miguel de la Fuente y se echó a llorar sentado en los escalones, con las lágrimas goteándole por el bigote. A veces el horror te aguarda agazapado, tranquilo, en la mirada de un crío vivo cualquiera, en una carretera perdida, en un sótano. En la cara del niño judío que levantaba –¿levanta?, ¿levantará?– las manos junto a su madre, ante el impasible verdugo nazi en el gueto de Varsovia. La memoria de un reportero siempre es la memoria de un largo álbum de viejas fotos, de imágenes que a veces se funden unas con otras, de recuerdos propios y ajenos. Los vertederos llenos de muchachos torturados y muertos, en El Salvador. Las cárceles de Ceaucescu. La toma de la Quarantina por los falangistas libaneses.

El horror. Barlés movió la cabeza: la gente no tiene ni puta idea. Cualquier imbécil, por ejemplo, lee *El corazón de las tinieblas* y cree saberlo todo sobre el horror, así que pasa dos días en Sarajevo para elaborar la teoría racional de la sangre y de la mierda, y a la vuelta escribe trescientas cincuenta páginas sobre el tema y asiste a mesas redondas para explicar la cosa, junto a cantamañanas que no han peleado jamás por un mendrugo de pan, ni oído gritar a una mujer cuando la violan, ni se les ha muerto nunca un crío en los brazos antes de pasar tres días sin poderse quitar la sangre de encima porque no hay agua para lavar la camisa. Con los compromisos intelectuales, con los manifiestos de solidaridad, con los artículos de opinión de los pensadores comprometidos y las firmas de las figuras de las artes y las ciencias y las letras, los artilleros serbios se limpiaban el culo desde hacía tres años. Una vez, Barlés se ganó una bronca de sus jefes por negarse a entrevistar para el Telediario a Susan Sontag, que por aquellas fechas montaba *Esperando a Godot* con un grupo de actores locales, en Sarajevo. Mandad a un redactor de Cultura, había dicho. O mejor a un intelectual comprometido. Yo soy un analfabeto hijo de puta y sólo me la ponen dura la guerra y la vorágine.

Miró la vaca muerta y luego su propio rostro en el reflejo de un cristal roto por la explosión, que aún se mantenía unido al marco de la ventana, y se dirigió a sí mismo una mueca. El horror puede vivirse o ser mostrado, pero no puede comunicarse jamás. La gente cree que el colmo de la guerra son los muertos, las tripas y la sangre. Pero el horror es algo tan simple como la mirada de un niño, o el vacío en la expresión de un soldado al que van a fusilar. O los ojos de un perro abandonado y solo que te sigue cojeando entre las ruinas, con la pata rota de un balazo, y al que dejas atrás caminando deprisa, avergonzado, porque no tienes valor para pegarle un tiro.

A veces, el horror se llama asilo de ancianos de Petrinja. Barlés pensaba eso cuando llegó junto a Márquez, que había terminado con la vaca y encendía otro cigarrillo, aún con la Betacam al hombro.

—¿Qué hay en el sótano? –preguntó el cámara.

—Lo de siempre. Los críos, la mujer. Una vieja.

Márquez exhaló el humo y miró alrededor, como si aún buscara algo que grabar.

—Es malo ser viejo –comentó, y Barlés supo que se refería a la guerra. Cuando abría la boca, Márquez siempre se refería a la guerra.

—Un día ya no habrá más –dijo Barlés–. Me refiero a todo esto, y a nosotros.

Márquez entornó los ojos, asintiendo.

—Prefiero no llegar tan lejos –aspiró una profunda bocanada del cigarrillo y después rió chirriante, sin ganas–. Por eso fumo dos paquetes diarios.

—Sí. Mejor eso que el asilo de Petrinja.

Supo que Márquez rumiaba el mismo pensamiento, porque vio que sus ojos quedaban fijos en un punto indeterminado y la boca se le endurecía. Lo del asilo ocurrió al principio de la guerra, cuando media Petrinja, evacuada por los croatas, aún no estaba en manos serbias. Era territorio comanche en estado puro, y el ruido de los cristales rotos chascaba bajo sus pasos cuando caminaron con precaución por el lugar vacío, uno a cada lado de la calle, vigilando los edificios y atentos a los cruces, por si los francotiradores. Con esa sensación en la cara interior de los muslos y en el estómago que da saberse solo en tierra de nadie. Habían buscado provisiones en una tienda despanzurrada: chocolate, galletas, una botella de vino. Más tarde, en unos grandes almacenes saqueados, Barlés encontró un suéter de lana inglesa a su medida y Márquez una corbata de pajarita que se puso en el cuello de la camisa caqui. Después hicieron una entradilla en una plaza llena de agujeros, estamos aquí, etcétera, ciudad abandonada y demás. Barlés con el micro de TVE en la mano y Márquez haciéndole un plano medio, con un ojo en el visor de la cámara y el otro alrededor, atento. Y cuando ya se marchaban dieron con el asilo de ancianos.

Hubieran pasado de largo de no haber escuchado una voz, o un gemido, a través de los cristales rotos de una ventana. En el edificio, oficialmente evacuado ante el avance serbio, abandonados por los enfermeros en fuga, una docena de inválidos habían quedado atrás, tendidos sobre camillas, en un corredor oscuro junto a la puerta. Eran tres los días que llevaban sin agua ni comida, entre el zumbido de las moscas y el hedor de sus excrementos. Y cuando Márquez y Barlés usaron sus Maglite para verlos mejor, desearon no haberlo hecho nunca. Un par de ellos estaban muertos. En cuanto a los que seguían vivos, iban a estarlo poco tiempo. Así que apagaron las linternas, encendieron el flash y los filmaron a todos, a los vivos y a los muertos. Al acercarles la cámara los ancianos se encogían en sus camillas, entre los orines y la mierda que manchaba ropas y sábanas, y chillaban débilmente enloquecidos de terror, tapándose los ojos alucinados, ciegos, deslumbrados por la luz del flash, suplicando a las dos sombras que se movían a su alrededor. Márquez y Barlés trabajaban sin hablar ni mirarse, y a la luz del flash sus rostros crispados y pálidos parecían los de dos fantasmas. Sólo se interrumpieron una vez, cuando Barlés se apoyó en la pared y se puso a vomitar, pero ninguno de los dos hizo comentarios. Después dejaron en las camillas toda el agua y la comida que tenían y subieron al primer piso, donde una bomba había sorprendido a un anciano vistiéndose para escapar. El viejo seguía allí. Llevaba tres días muerto, solo, sentado entre los escombros, cubierto de una capa de polvo y yeso desmenuzado, inmóvil y todavía con los zapatos ante los pies, junto a una conmovedora maleta de cartón y un sombrero. Tenía los ojos cerrados y una expresión serena, inclinada la barbilla sobre el pecho. Una costra de sangre seca le salía por la nariz hasta la barbilla sin afeitar y el cuello sucio de la camisa, y Barlés le dijo a Márquez que le filmara el rostro; pero éste prefirió hacerlo de espaldas, encuadrándolo tal y como se veía desde el pasillo: sentado ante la ventana destrozada por la bomba, silueta patética, gris, inmóvil en la sobrecogedora soledad de aquella habitación deshecha, entre los ladrillos y muebles rotos, los hierros retorcidos y los jirones —maleta, sombrero, zapatos, ropa, papeles entre los escombros— de su pobre vida concluida a oscuras, cuando oía correr a los otros por el pasillo, despavoridos, y él se vestía buscando a tientas los zapatos para escapar.

El horror. Márquez reía como para sí mismo con gesto absorto, amargo. Y Barlés también se echó a reír entre dientes, mirando los ojos de la vaca muerta.

VI

EL PUENTE DE MÁRQUEZ

Jadranka se reunió con ellos en la carretera, frente a la granja.

—¿Qué te ha dicho? –le preguntó Barlés.

La intérprete se encogió de hombros. Tenía aspecto fatigado.

—El hombre está hecho un lío. No sabe qué hacer: si irse o quedarse.

—Ese tío es idiota. Todo se acabó: este lugar, su granja. La Armija llegará hasta aquí, con puente o sin él.

—Eso he intentado explicarle.

Sonaron dos estampidos lejanos tras la curva del río, y los tres miraron en esa dirección.

—También nosotros tendríamos que irnos –dijo Jadranka.

Ni Márquez ni Barlés dijeron nada. Sabían que lo de ella no era temor, sino enunciación de un hecho objetivo. También Jadranka sabía que ellos lo sabían. Los tres estaban de acuerdo en que las posibilidades de largarse sin problemas disminuían a cada minuto.

—¿Qué pasa en Cerno Polje? –preguntó Márquez, mirando el puente.

—La radio dice que la carretera sigue abierta. Pero no por cuánto tiempo.

Márquez hizo un leve gesto afirmativo con la cabeza, como dándose por enterado. Después cambió la batería de la cámara y echó a andar de regreso al talud, en dirección al puente.

—Hijo de puta –dijo Barlés.

Le dijo a Jadranka que volviera al Nissan y desanduvo camino hacia el puente siguiendo a Márquez. Sexsymbol continuaba en su sitio y la humareda suspendida sobre Bijelo Polje era más espesa. Ya no se oían disparos en el pueblo. Al observar el paisaje echó en falta algo, como en el juego de los siete errores, aunque en principio no pudo precisar de qué se trataba. Se detuvo un instante hasta que por fin comprendió. Faltaba algo que antes estuvo allí: el campanario de la iglesia había desaparecido.

Resultaba curiosa, se dijo, la afición de los contendientes de todas las razas y colores por liquidar los símbolos religiosos del adversario. Recordó la mezquita del Morabitum en Beirut, con su minarete tan lleno de agujeros que parecía un queso de Gruyère. O las iglesias ortodoxas o católicas y las mezquitas dinamitadas por todas partes en la ex Yugoslavia. En otro tiempo, al menos, los turcos encalaban las paredes de Santa Sofía o los cristianos edificaban catedrales sobre los recintos religiosos andaluces, como si la arquitectura religiosa fuera, en cierto modo, compatible con el degüello. Ahora, sin embargo, las soluciones se aplicaban por la vía rápida: unos cañonazos, una carga de plástico en los cimientos, y santas pascuas. No había siglos de Historia que resistieran al exógeno, la pentrita, la estupidez o la barbarie. La biblioteca de Sarajevo, por ejemplo. O la sinagoga bombardeada. O la mezquita Begova, con sus tejas de plomo de cuatro siglos alfombrando la calle Saraci. O el puente de Mostar, que tras resistir guerras e invasiones durante 427 años, no aguantó una hora de bombardeo de la artillería croata. Habían estado allí, filmando sus ruinas desde la orilla este, el día que un francotirador le pegó un tiro en la cabeza a una mujer y después otro en la espalda a María, la morena guapa que trabajaba para Unicef, y tres cascos azules españoles tuvieron que ir a rescatar a María, bajo el fuego, mientras un *freelance* les hacía fotos con teleobjetivo apalancado entre las ruinas. Gracias a aquellas fotos María se hizo famosa, los cascos azules tuvieron una medalla de Unicef y el fotógrafo consiguió cinco páginas en *Paris Match.* En cuanto a la mujer muerta, que aparecía en las imágenes boca abajo junto a los rostros crispados de los cascos azules con los tiros impactando en la pared, la bala explosiva le destrozó la cara, así que la enterraron sin poder identificarla, junto a aquel puente que ya no existía, y que −*most* significa puente en serbocroata− todavía daba nombre a una ciudad que ni siquiera parecía una ciudad. Lo que no dejaba de tener mucha irónica y puñetera gracia.

Al proseguir camino por el centro de la carretera, Barlés echó un vistazo a su derecha, hacia el bosque, sin ver a ningún soldado. Los jáveos seguían ocultos, imaginó, si es que no habían tomado las de Villadiego. Márquez estaba otra vez en su posición de espera, tumbado en el talud con la Betacam apuntando al puente, junto a la mochila y el casco de Barlés. Éste se hallaba a unos diez metros del cámara cuando miró otra vez hacia el lugar que había ocupado el campanario. Después bajó la vista hasta la curva de la carretera, al otro lado del puente y el río. Entonces vio el primer tanque.

Un tanque produce siempre una desazón especial. Es una masa de acero siniestra, que se mueve con estrépito y chirridos, como un dragón antiguo. Un tanque es lo más antipático que puede uno encontrar en una guerra, sobre todo si está en el bando contrario. Hasta cuando le han pegado un misilazo y está quieto y oxidado resulta un artilugio con muy mala sombra. Un tanque despierta un miedo atávico, irracional, y siempre da gana de echar a correr. En 1982, recién llegado de las Malvinas, Barlés pasó ocho horas con un grupo de cazadores de carros palestinos, media docena de jóvenes equipados con RPG-7 que luchaban en los suburbios de Borj el Barajne, al sur de Beirut. Había un Merkava judío junto a un bloque de apartamentos, y todo el rato los chicos, de los que el mayor apenas tendría diecisiete años, intentaban destruirlo con los lanzagranadas. Iban una y otra vez, acercándosele protegidos por las ruinas, y le tiraban granadas de carga hueca que no conseguían dar en el blanco o atravesar el blindaje. Por fin, como un monstruo al que hubieran despertado del sueño, el Merkava giró lentamente la torreta, disparó un solo cañonazo y mató a dos de los palestinos. Después la infantería israelí cayó sobre el lugar disparando con todo, con los Galil y con las ametralladoras, y fue entonces cuando Philipot, el fotógrafo de Sygma, dijo que no merecía la pena hacerse matar por una foto –*se faire tuer*, dijo–, y salió corriendo, y Barlés también salió corriendo, y todo el mundo salió corriendo, y Barlés y Philipot no pararon hasta llegar al hotel Commodore, donde Tomás Alcoverro, de *La Vanguardia,* los esperaba en el bar para contarles, una vez más, cómo su mujer lo había abandonado por Pablo Magaz, de *ABC.*

Eso ocurría con frecuencia en el oficio. Uno estaba, por ejemplo, corriendo delante de un tanque libio en Yamena, y mientras tanto la legítima estaba en los juzgados de Barcelona pidiendo el divorcio. Pero lo cierto es que la mayor parte de los miembros de la tribu no se lo tomaban muy a mal. A fin de cuentas, mientras ellos jugaban a héroes cruzando calles y todo eso, ellas lidiaban con el colegio de los críos, los plazos del televisor, la factura del butano y la soledad. Tomás Alcoverro se hacía cargo y se consolaba como podía. Era el más veterano de los reporteros y corresponsales en Oriente Medio, y una noche, en una playa de los Emiratos, le confesó a Barlés que esperaba morirse en Beirut porque en España ya no conocía a nadie. Lo mismo le pasaba a Julio Fuentes, de *El Mundo*, que cuando era joven y guapo se había calzado a Bianca Jagger, contaban, en la guerra de Nicaragua. O quizá ella se lo había calzado a él; la peña discrepaba en las versiones. Después, como Tomás y tantos otros, Julio tuvo una novia que le dijo adiós muy buenas, harta de que pasara la vida en Sarajevo. Con tanto zambombazo Julio Fuentes estaba muy para allá, alucinando en colores como si se metiera cada día guerra en la vena con una jeringuilla. Así que Pedro Jota, su jefe, decidió retirarlo de corresponsal a Italia, donde ahora llevaba corbata y tenía un coche deportivo, y una novia nueva. Lo malo es que algunas noches a Julio se le iba la olla y se despertaba en Bosnia. Las tres Des, solía decir el abuelo Leguineche: desequilibrados, divorciados, dipsómanos.

Barlés abrió la boca para gritarle a Márquez lo del tanque, pero en ese instante oyó llegar la primera granada. Esta vez no era mortero sino tiro tenso, directo, sobre las inmediaciones del puente. Se tiró al suelo al oírla pasar sobre su cabeza, alta, con sonido de tela rasgada, y la oyó reventar más atrás, al otro lado de la granja. El Nissan, pensó. Ojalá esos hijoputas no le den al Nissan. Después pensó en Jadranka. Ojalá esos hijoputas tampoco le den a ella.

Se levantó para franquear los diez metros que lo separaban de Márquez, y al hacerlo vio que de la linde del bosque salían dos jáveos a todo correr, hacia la carretera. Llevaban los Kalashnikov en la mano y parecían tener mucha prisa. Al otro lado del río, el tanque se movía despacio, como a cámara lenta, pero Barlés supo que era sólo un ilusión óptica producida por la distancia. Los tanques siempre se mueven más aprisa de lo conveniente.

Se dejó caer junto a Márquez, en el talud, justo cuando una segunda granada pasaba sobre sus cabezas, en la misma dirección. El cámara tenía la Betacam encendida y grababa el puente en plano general fijo, pero con el ojo izquierdo vigilaba el tanque que se aproximaba todavía fuera de cuadro. Había figurillas confusas cerca, detras, por la carretera.

—Infantería –dijo Barlés.

—La he visto.

Los dos jáveos llegaron hasta ellos. Uno era muy joven y sudaba a chorros bajo un chaleco antibalas enorme, de esos que utilizan los artificieros, con un faldón que le protegía los testículos y lo incomodaba al correr. El otro era grande, con mostacho. Estaban muy nerviosos y subieron hasta la mitad del talud, gesticulando.

—Dicen que nos larguemos –interpretó Barlés.

Márquez, atento a la cámara y al puente, no se molestaba en responder. El más joven subió un poco más y le tocó la bota.

—Anda y que te den por culo –le dijo Márquez.

La tercera granada hizo impacto entre el talud y el bosque, justo por donde habían venido corriendo los jáveos, y algunos terrones con hierba cayeron en la carretera. Todos se aplastaron contra el suelo menos Márquez, que no perdía el puente de vista. Pasando mucho del qué dirán, Barlés se puso el casco. El jáveo joven dijo *glupan* mirando a Márquez, que en serbocroata viene a ser algo así como gilipollas, y se fue con el otro a lo largo de la carretera, protegiéndose en el talud, en dirección a la granja.

—Se piran –dijo Barlés.

Tenía unas ganas locas de salir corriendo, pero hay cosas que no pueden hacerse. Mientras se ajustaba el barbuquejo del casco vio que otros dos jáveos salían del bosque y se iban corriendo por el campo, también hacia la granja. Ahora una ametralladora del 12.7 tiraba desde el otro lado del río, y las trazadoras rojas venían muy despacio, a lo lejos, pareciendo aumentar de velocidad a medida que se acercaban: como la línea central de una carretera cuando se va muy rápido, en coche.

—Mierdamierdamierda –dijo Barlés.

El trazo rojo pasó alto, unos diez metros sobre sus cabezas, y después se desvió a la izquierda antes de extinguirse, aproximadamente por donde estaba Sexsymbol. Pirotécnicamente, la guerra era todo un espectáculo. La primera vez que los Phantom iraníes bombardearon Bagdad, en septiembre de 1980, Barlés pasó la noche, fascinado, en la terraza del hotel Mansur, con Pepe Virgilio Colchero, del *Ya*, y Fernando Dorrego, de *ABC*, tumbados boca arriba y conversando mientras veían subir las trazadoras y los misiles tierra-aire. Once años más tarde, Barlés repetiría experiencia con Pepe Colchero en Dahran, cuando los Patriot norteamericanos derribaban Scud iraquíes sobre Arabia Saudí, y todos observaban el espectáculo con las máscaras antigás al alcance de la mano. Y es que la del Golfo fue una guerra singular: cinco meses de espera, un mes de incursiones aéreas y una sola semana de guerra terrestre. Hay una vieja regla del oficio: los enviados especiales hacen la carrera juntos, pero el *sprint* lo corre cada uno por su cuenta. Eso ocurrió la noche del avance aliado, con todo el mundo disimulando sus intenciones en los centros de prensa y en el Meridien de Dahran. Que si habrá que intentar ir a Kuwait un día de estos. Que si yo prefiero esperar un poco. Que si nosotros también. Que si es demasiado arriesgado viajar ahora. Etcétera. Y apenas se dijeron buenas noches, cada equipo de televisión, Pierre Peyrot y la gente de EBU, Achile d'Amelia y la RAI, TV3, TVE y los demás, cargaron sigilosamente agua, combustible y provisiones en sus todo terreno, y tras ponerles señales de identificación aliadas –una V invertida en los costados y una franja naranja en el techo– subieron por el desierto, hacia el norte, a base de mapas y brújula, entre los campos de minas. Al día siguiente se encontraban unos con otros en Kuwait City, barbudos y cubiertos de polvo, sin sorprenderse lo más mínimo ni formular el menor reproche: son los usos de la tribu. Barlés y Josemi Díaz Gil llegaron a tiempo de grabar los últimos combates entre iraquíes rezagados y tropas norteamericanas, con la casa Rolex saqueada y llena de cajas vacías, el Sheraton en ruinas, el Hilton destrozado y a oscuras, los kuwaitíes dándoles besos por las calles, y todo aquel horizonte en llamas, los pozos de petróleo ardiendo bajo un cielo negro de cenizas, con Don McLean cantando *Vincent* en el radiocasette del Land Cruiser, y los tanques iraquíes humeantes a ambos lados de la carretera.

Barlés vio aparecer un segundo tanque por la curva de Bijelo Polje y supo que al puente le quedaba menos de un minuto. Tumbado en el talud se volvió a medias, buscando una ruta de retirada. Bajo el fuego nadie corre en línea recta, sino que traza un itinerario mental previo antes de moverse: de aquella piedra al árbol, y de allí a la cuneta, respetando el viejo principio *never in the house:* nunca en la casa. Cuando tienes que echar a correr, las casas son trampas peligrosas: no sabes lo que hay dentro y además, si te quedas allí, al final las balas atraviesan sus paredes y las bombas te las derrumban encima. Uno entra creyéndose a salvo, y ya no sale nunca.

La ametralladora del 12.7 seguía disparando a intervalos, y el tramo de carretera hasta Sexsymbol quedaba excluido por demasiado expuesto. Tal vez era mejor seguir el talud, como hicieron los dos jáveos, y después una carrera rápida por delante de la granja para llegar al Nissan. Barlés se puso la mochila a la espalda y apretó los dientes, sintiendo el desagradable hormigueo de las ingles y el vientre. Ya voy estando mayor para esto, se dijo. Es mejor ser joven, creer en buenos y malos, tener sólidas piernas, sentirse protagonista implicado y no simple testigo. A partir de los cuarenta, en este oficio te vuelves condenadamente viejo.

Se inclinó sobre el hombro de Márquez para comprobar el nivel de batería, y entonces todo ocurrió casi al mismo tiempo. Unas balas hicieron vibrar la chapa metálica del puente y una granada acertó justo en mitad de la carretera, a sus espaldas. A Sexsymbol se lo han cargado por tercera vez, pensó, y entonces el puente se movió un poco hacia arriba, estremeciéndose sobre un resplandor naranja, y Barlés no oyó estampido alguno, sino un golpe de aire denso y caliente, como si fuera sólido, que le golpeó el pecho, la cara y los tímpanos para retumbarle dentro de los pulmones, las fosas nasales y la cabeza, y después vino el ruido, muy seco, algo así como *Crac-bang*, y el río y el puente se llenaron de humo y del cielo empezaron a llover cascotes.

Y cuando miró a Márquez vio que tenía el ojo pegado al visor de la cámara y que el muy cabrón sonreía de oreja a oreja.

Ahora caía de todo. Furiosos por lo del puente, los de la Armija arrasaban la orilla. Barlés vio que los últimos jáveos, cuatro hombres, salían el bosque y echaban a correr hacia la granja.

—Vámonos –dijo Márquez.

—¿Lo tienes?

—Lo tengo.

Las 12.7 chascaban en el asfalto. Barlés se deslizó hacia abajo por el talud sabiendo que tras él, con la Betacam al hombro, Márquez lo filmaba en *travelling* subjetivo mientras se largaban de allí. Otra granada estalló arriba, en la carretera. Corrieron unos treinta metros protegidos por el talud, y tras chapotear en un riachuelo de fango subieron de nuevo hacia la carretera. Lo del riachuelo habrá quedado bien con el fondo de los zambombazos, pensó Barlés antes de trepar. Se detuvo a la mitad para coger la cámara que Márquez le entregaba.

—¿Cogiste los tanques?

—Estaban fuera de cuadro; no podía cambiar de plano.

—Es igual.

Le devolvió la Betacam cuando llegaron arriba de nuevo. La 12.7 seguía tirando a lo loco, a través de la humareda que ya empezaba a disiparse. Ojalá que a este cabrón no se le ocurra filmar ahora, rogó. Ojalá que a este cabrón. Ojalá que.

De pie en mitad de la carretera, como si estuviera en la Gran Vía de Madrid, Márquez se echó la Betacam al hombro e hizo un tranquilo plano del puente. Zoom a general, con los hierros retorcidos del lado de acá y una sección levantada hacia arriba, como uno de esos levadizos que suben y bajan. Barlés vio perfectamente cómo un bala de 12.7 rebotaba en el suelo, sin fuerza, y venía rodando hasta muy cerca de las botas del cámara.

—A negro –dijo Márquez.

Lo que significaba fin del trabajo, así que echaron otra vez a correr. Es difícil hacerlo agachado cuando te disparan; cansa mucho y da unas agujetas terribles, sobre todo si llevas los pantalones empapados de agua y barro. Se detuvieron a recobrar aliento junto a la verja reventada de la granja. El cadáver de la vaca seguía en el patio, la puerta estaba de par en par y la casa parecía desierta. Espero que ese imbécil se largara por fin, pensó fugazmente Barlés. Y que Jadranka siga esperándonos con el Nissan.

—Con suerte, llegamos para el Telediario –dijo Márquez.

Barlés se conformaba con llegar al coche, pero no lo dijo. Siguieron un trecho pegados al muro de la granja, por la cuneta, escuchando impactos de mortero cerca, al otro lado. Al doblar la esquina encontraron a cuatro de los jáveos que habían salido del bosque. Estaban sentados con la espalda contra la pared, fumando a cubierto, sin decidirse a recorrer el último tramo de carretera hasta la última curva. Era allí donde batía el mortero.

—No cruza –aconsejó uno de ellos–. Mucho bum-bum.

Era un croata grandote, con canas en el mostacho. Todos parecían exhaustos. El que había hablado miró la cámara con curiosidad e hizo un gesto con las manos, imitando una explosión.

—Mucho bum-bum –repitió, y señaló a uno de sus compañeros, un jovencito de pelo rapado hasta la coronilla, quien hizo el gesto de bajar una palanca.

—He aquí al artista –dijo Barlés. Y Márquez se echó al hombro la Betacam para filmar al dinamitero jáveo haciendo la V de la victoria.

—Victoria mis cojones –dijo Márquez. Después apagó la cámara y encendió un cigarrillo.

—Nos vamos –dijo Barlés.

Miraron el tramo de carretera que debían recorrer al descubierto hasta ponerse a salvo en la curva donde estaba el Nissan. Treinta metros, con morteros cayendo a intervalos. Por suerte, la 12.7 ya no llegaba hasta allí.

—Tú queda –insistió el croata–. Mucho peligroso.

Barlés miraba el reloj. Quince minutos hasta Cerno Polje y casi una hora hasta el punto de emisión, si todo iba bien. Peyrot les haría un hueco en el satélite, y transmitiendo en bruto llegarían a tiempo para el Telediario. Incluso, si arañaban unos minutos y Franz o Salem estaban libres, la crónica podía montarse con un texto redactado en el coche mientras Márquez conducía.

Empezó a improvisar el comentario sobre las imágenes del puente volando: *Esta mañana, la ofensiva croata en Bosnia central...* Sin duda Miguel Ángel Sacaluga, el subdirector de Informativos, le diría a Matías Prats y Ana Blanco que abriesen con aquello. En tal caso iba a hacer falta algo más concreto, referido al puente: *Este puente saltó en pedazos esta mañana, para frenar el avance musulmán...* Algo así. O mejor: *En su retirada, los croatas hacen saltar los puentes.* Barlés sacó una libreta del bolsillo para anotar aquella línea. Cuando levantó los ojos vio que Márquez lo miraba.

—Un dólar a que llegamos —dijo el cámara.

—¿A transmitir?

—Al Nissan.

Barlés se echó a reír. Quería a aquel fulano hosco, sin afeitar, que se enamoraba de los puentes y los filmaba mientras saltaban por los aires.

—Va ese dólar.

Una granada de mortero reventó justo en la curva, y todos se tumbaron en la cuneta. Barlés estaba calculando la secuencia y vio que Márquez, atento al reloj, hacía lo mismo. Una granada cada cuarenta y cinco segundos, más o menos. Con la Betacam y la mochila a cuestas, calculó de veinte a treinta segundos para ponerse a salvo al otro lado.

—¿Cómo lo ves? —le preguntó a Márquez.

—Muy mal se nos tiene que dar.

Aguardaron la llegada del siguiente mortero. Cuarenta y dos segundos. No ha sido una mala vida, se dijo Barlés. ¿Cómo era aquello...? *He visto cosas que vosotros no veréis jamás... He visto arder naves más allá de Orión, y ponerse el sol en la puerta de Tannhaüser...* Tengo que cambiar las pilas del Sony, recordó. Y lavar las dos camisas sucias que tengo en el hotel. Miró a Márquez, preguntándose en qué pensaba él cuando se disponía a cruzar una zona batida. Quizá veía la cara de sus hijas, o lamentaba los polvos que no había echado en su vida. Quizá pensaba en los cincuenta mil duros que cobraba al mes, o quizá no pensaba en nada.

Estalló otro mortero: cuarenta y nueve segundos. Aún volaban por el aire los últimos cascotes cuando Barlés le puso una mano en el hombro a Márquez.

—Nos veremos allí –dijo.

—¿Dónde es allí?

—No sé. Allí.

Márquez se echó a reír con su risa de carraca vieja. Entonces se pusieron en pie y echaron a correr por la carretera.

Sarajevo, agosto 1993
Mostar, febrero 1994